생 일하고 싶지 않은
가, 같은 반
기 아이돌의
에 들면 5
미소녀
이돌들에게
이벌
나타났습니다
시모토 카즈하
스트 미와베 사쿠라
후우…….
따뜻하고, 달고, 마음이 놓여.

쿠로/코로 쿠로메
시로/코즈카 시로나

의심스러울 정도로
단맛이 나는데…….
이거 진짜 저당이야?!
응, 이거
얼마든지 먹을 수 있을 것 같
시식회

트윈즈
밀피유 스타즈
카논/히도리 카논
레이/오토사키 레이
미아/우가와 미아

키시모토 카즈하
일러스트 미와베 사쿠라
미소녀
아이돌들에게
라이벌
이 나타났습니다
평생 일하고 싶지 않은
내가, 같은 반
인기 아이돌의 눈에 들면

일러스트 — 미와베 사쿠라

CONTENTS

I don't want to work for the rest of my life,
but my classmates' popular idol get familiar with me.

일러스트/미와베 사쿠라

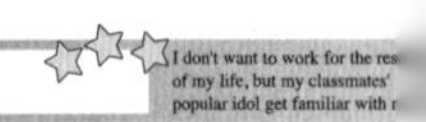
I don't want to work for the res
of my life, but my classmates'
popular idol get familiar with r

나, 시도 린타로의 아침은 일찍 시작한다.

"으응……."

본가의 내 방에서 눈을 뜬 나는 기지개를 켜며 침대에서 내려갔다.

그리고 내 침대와 그 주변을 확인.

왜 이런 짓을 하는 거냐고 물어본다면, 그건 가끔 잠에 취한 아이돌이 침대에 난입하는 일이 있기 때문이라고 대답할 수밖에 없다.

특히 오토사키 레이라는 잠꾸러기는 거짓말인지 의심스러울 정도로 터무니없는 행동을 저지를 때가 있다.

침대에 난입하는 것 정도는 일상다반사.

심할 때는 옷이 마구 흐트러져있거나, 나에게 달라붙어 있거나 해서 아침부터 내 심장을 고장 나게 만든다.

남자로서는 행운이라는 감각으로 받아들이면 그만일지도 모르지만, 상대가 대인기 아이돌쯤 되면 아무래도 무서움이 더 크다.

주로 주간지가.

뭐 집 안에서 그렇게까지 조심할 필요도 없을 테지만, 이 거리감이 당연해졌다간 밖에서 비슷한 행동을 해버렸을 때가 무섭다.

그래서 나는 항상 경계하며 살 필요가 있다.

'설마 내가 아이돌들과 한 지붕 아래에서 공동생활을 하게 될

줄이야…….'

왜 평소 살던 맨션이 아니라 단독주택인 본가에서 눈을 떴는가.

그건 내 제안으로 국민 아이돌 세 사람과 공동생활을 보내는 중이기 때문이다.

아무것도 모르는 사람이라면 나를 망상병 환자로 생각할 것이다.

나와 같이 사는 세 사람은 그 국민 아이돌 밀피유 스타즈니까.

'음…… 오늘의 메뉴는.'

방에서 나와 세수와 양치를 마친 나는 부엌에 섰다.

유난히 성능이 좋은 가전제품이 갖춰진 이 장소는 나에게는 완전히 천국.

레이가 마련해준 맨션 부엌도 불편하지 않았으나, 여기와 비교하면 살짝 빛이 바랜다고 말할 수 있다.

나는 냉장고에 붙여둔 일주일 치 메뉴표를 바라보며 오늘의 메뉴를 확인했다.

이건 밀피유 스타즈를 곁에서 서포트하기 위해 개발한 독자적인 메뉴들.

영양 밸런스를 조사해서 세 사람의 소모 칼로리 및 체형 유지에 가장 적절한 형태로 조절해놓았다.

참고로 독자적인 메뉴라고 하지만 영양 밸런스가 어쩌고 하는 부분은 시도 그룹 상품개발부에 있는 영양사의 힘을 빌렸다.

먼저, 내가 만든 메뉴가 내 목적과 일치하는지 아닌지 검사를 받는다.

이후 틀린 부분을 지적해주면 조언을 따라 수정한다.

세 사람의 귀중한 몸을 아마추어의 영양 관리로 망가트릴 수는 없다.

이용할 수 있는 건 뭐든 이용한다.

설령 그게 부모의 인맥에 의지하는 것이라고 해도———.

“계란프라이와 토스트에…… 햄, 샐러드, 후식은 요구르트…….”

냉장고에서 필요한 재료를 꺼내 아침을 만들었다.

현재 이 집에는 나를 포함한 네 명의 인간이 있다.

오토사키 레이, 히도리 카논, 우가와 미아.

각자 레이, 카논, 미아라는 예명을 써서 아이돌로 활동하는 세 사람은 야구부만큼 잘 먹는다.

매일 하드하게 연습하니 대량의 칼로리가 필요한 모양이다.

그런 관계로 아침도 놀라울 만큼 대량으로 만들어야만 한다.

여태까지는 레이의 몫만 만들었으나 지금은 세 배.

‘하하, 그 녀석들이 국민 아이돌이 아니었다면 지금쯤 파산했을 거야.’

머릿속으로 그런 생각을 하며 나는 혼자 쓴웃음을 지었다.

“좋은 아침, 린타로.”

잠시 후 거실 문이 열리더니 그런 목소리와 함께 미아가 나타났다.

그녀의 실내복은 똑바로 바라볼 수 없을 만큼 묘하게 요염하다.

슬슬 익숙해졌을 줄 알았는데 아직 시간이 부족한 모양이다.
“어, 미아냐. 여전히 일찍 일어나네.”
“너보다는 못하지만. 항상 몇 시에 일어나는 거야?”
“대충 6시 전?”
시계를 확인해보자 현재 시각은 6시 20분.
아침 식사 시각은 기본적으로 7시로 설정해놨으니 아직 여유가 있다고 말할 수 있다.
“커피라도 내려줘?”
“가능하면 마시고 싶네.”
“알았어. 잠깐 기다려.”
겨울의 기척이 짙어지면서 요즘은 점점 뜨거운 커피가 맛있어졌다.
원두를 종이 필터에 담고 펄펄 끓는 물을 붓는다.
거실에 향긋한 냄새가 퍼지자 확 카페 같은 분위기가 되었다.
“자, 커피.”
“고마워. 잘 마실게.”
미아는 나에게서 커피를 받아 컵에 입을 댔다.
“음? 원두 바꿨어? 어쩐지 평소보다 깊은 맛이 나서 맛있는 느낌인데.”
“오, 다행이네. 조금씩 블렌드를 바꾸고 있는데 이번 거는 꽤 잘 됐거든. 제법 자신이 있었어.”
이 집에서 생활하기 시작하며 동시에 나는 몇 종류의 커피 원두를 주문해서 구매했다.

모처럼 만드는 거라면 내 손으로 가장 마음에 드는 걸 만들고 싶다.

그런 생각에 매일 시행착오를 거쳤는데, 최근 들어 내가 이상적이라고 느끼는 맛을 만들어내는 데 성공했다.

커피의 맛은 그날의 컨디션을 정한다.

그렇게 믿는 나는 커피 한 잔도 타협하지 않는다.

“그러고 보면 신문 왔더라.”

“그래, 고마워.”

나는 아침에 우편함에 들어있던 신문을 미아에게 건넸다.

정보는 자신을 지키는 것이라고 말하는 그녀는 매일 이렇게 신문을 읽는다.

시사 상식을 다루는 방송에 나갔을 때 적절한 발언으로 스튜디오를 술렁거리게 만드는 모습을 보면, 매일매일 반복하는 이런 습관이 결과를 보여준 것임을 확인할 수 있다.

“……린타로는 ‘트윈즈’라고 알아?”

“어, 요즘 엄청 상승세인 2인조 아이돌이잖아?”

초콜릿 트윈즈라는 이름으로 활동하는 2인조 아이돌 그룹.

원래는 동영상 사이트에서 기성 아이돌의 노래를 ‘춤추며 노래해 봤다’는 제목을 달고 업로드했었다는데, 그게 예능사무소에 눈에 띄어 데뷔하게 되었다.

데뷔 시기는 밀스타의 인기가 폭발하기 조금 전.

밀피유 스타즈라는 괴물 그룹이 한 세대를 풍미하는 바람에 트윈즈는 그렇게까지 큰 주목을 받지 못했다.

하지만 최근 들어 화제성을 흡수하며 세간에서 강한 관심을 받는 중이다.

"역시나. 잘 아는구나."

"TV에서도 인터넷에서도 자주 보이니까. 정보를 끊고 살지 않는 한 모를 수가 없지."

게다가 나는 트윈즈의 대히트가 밀스타에도 적잖은 영향을 주는 게 아닌지 경계하고 있다.

따라서 몇 번 직접 조사한 적도 있으니 일반인보다는 트윈즈에 대해 잘 안다고 해도 되는 수준에 도달했다.

"블랙 담당이 쿠로메, 화이트 담당이 시로나……. 섹시 노선에 집중한 2인조 아이돌. 음, 제법 강적일 것 같아."

"강적이라니…… 역시 아이돌로서 라이벌로 보는 거야?"

"그야 그렇지. 현재 인기에서 밀리는 건 아니라고 보지만, 우리의 일감이 저쪽에 가버릴 가능성은 충분히 있잖아."

그렇게 대답하는 미아의 얼굴은 결코 농담하는 얼굴이 아니었다.

현재 밀스타의 지분이 트윈즈에게 넘어가는 모습은 상상할 수 없다.

오히려 밀스타 자체가 너무 바쁘니까 조금은 저쪽에서 가져가는 게 스케줄적으로는 환영인 게 아니냐는 생각이 들 정도다.

하지만 이건 어디까지나 아마추어의 의견.

분명 일을 빼앗기게 된 뒤에는 대처가 늦어질 것이다.

"응…… 좋은 아침."

미아와 그런 이야기를 하고 있을 때 거실 문이 열리며 레이가 들어왔다.

졸린 듯 눈을 비비는 그녀의 잠옷은 여전히 칠칠치 못했다.

오버 사이즈 티셔츠가 어깨에서 거의 떨어질 지경인데, 그 풍만한 가슴에 걸려 가까스로 막고 있다시피 한 상황.

아침부터 이래저래 시선을 둘 곳이 난감하다.

"좋은 아침……. 너 말이다, 잠이 덜 깬 건 알겠지만 조금 더 복장에 신경을 쓰라고……."

"괜찮아, 린타로라면 봐도 문제없어."

"아니, 굳이 따지라면 내 문제니까── 아니, 잠깐만. 그 티셔츠 내 거 아냐?"

"응. 세면실에 있길래 빌렸어."

"어쩐지 하나 없더라……."

"린타로 냄새가 나서 잠이 잘 와."

"뭐?! 너 설마 빨래 바구니에 있던 걸 가져간……."

레이는 아무 말도 하지 않고 작게 웃었다.

과연 저 반응은 어느 쪽일까.

무심코 머리를 부여잡을 뻔했다.

여태까지도 맨션의 같은 층이라는 지극히 가까운 거리에서 지냈었는데, 같은 집에서 생활하는 건 그것과는 비교가 되지 않는다.

특히 청결용 장소가 공용이 되는 바람에 그 감각에 박차를 가했다.

세면실에 가면 누군가가 벗어 던진 옷이 떨어져 있고, 욕실에는 좀처럼 보기 힘들 만큼 대량의 샴푸가 놓여있다.

밀스타 세 명을 보조하기 위해 나는 굳게 각오하고 이 생활을 시작했다.

하지만 그건 세 사람을 위해서라면 내 시간을 얼마나 할애하든 괜찮다는 방향의 각오였지, 거리감과 관련된 각오는 약간 물렀다.

내 예측이 안이했던 것뿐이지만, 이제 와서 거리감 운운하며 상황을 복잡하게 만드는 것도 귀찮으니 나는 이대로 익숙해지기를 기다리는 중이다.

불쾌한 것도 아니고.

"카논은 아직?"

"그 녀석은 항상 마지막이니까……. 하지만 슬슬 나올 때가 됐다고 보는데."

그런 대화를 하고 있었더니 마침 거실 문을 열고 카논이 안에 들어왔다.

하지만 그 얼굴은 어디를 보는 건지 알 수 없을 만큼 잠에 취해 있고 발도 휘청휘청 힘이 없다.

"좋은 아침, 카논. 세수하고 와."

"으응……."

미아의 말을 들은 건지 아닌 건지.

그래도 의식이 모호한 채 세면실로 향하는 걸 보면, 자기가 뭘 해야 하는 건지는 아는 모양이다.

"……일단 따라가 봐야겠다."

미아가 쓰게 웃으며 카논의 뒤를 쫓아갔다.

이것도 뭐, 익숙한 광경이다.
평소엔 카논과 거의 같은 타이밍에 일어나는 레이가 세면실까지 같이 가 주지만, 시간이 살짝 어긋나면 이렇게 되기도 한다.
"맞다, 레이."
"응? 왜?"
"곧 할로윈 라이브잖아? 컨디션 괜찮냐?"
지금은 10월 하순.
앞으로 며칠 뒤엔 밀스타의 할로윈 라이브가 시작된다.
야외 라이브 회장을 이용한 코스프레 가능 이벤트라는데, 당연히 티켓은 매진되었고 본인들의 준비도 착착 진행되는 중이다.
"응, 괜찮아. 완벽해."
"그럼 다행이고."
"이것도 린타로가 돌봐주는 덕분이야. 린타로의 밥을 먹게 된 뒤로 컨디션이 무너진 적이 없어."
그건 네가 워낙 튼튼하니까——라는 말이 튀어나올 뻔했지만, 분위기만 망친다고 판단해서 그만뒀다.
여기서는 그냥 기뻐하자.
"린타로, 할로윈 라이브 올 수 있어?"
"괜찮다니까. 제대로 일정 비워놨어."
그렇게 대답하자 레이는 안도한 표정을 지었다.
할로윈 라이브 티켓은 이미 입수하기 곤란한 상태.
하지만 어느 의미 관계자라고 할 수 있는 나는 당사자에게 티켓을 받았다.

참고로 이번 라이브는 회장 사정으로 관계자석이 없고, 나도 일반 관객과 같은 장소에서 즐기기로 되어 있다.

"이번 라이브, 평소보다 의상이 더 귀여워. 린타로의 시선 고정도 확정."

"그거 기대되네."

득의양양한 레이를 보면 자연스럽게 웃음이 나온다.

세 사람의 컨디션은 완벽하다.

이대로라면 할로윈 라이브는 분명 좋은 무대가 될 것이다.

평생 일하고 싶지 않은
내가, 같은 반
인기 아이돌의
눈에 들면

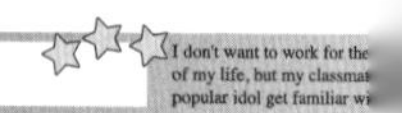
I don't want to work for the
of my life, but my classmat
popular idol get familiar wi

"여전히 인기가 많구나, 밀스타는. 인구밀도가 어마어마해."

시간이 흐르고 순식간에 할로윈 라이브 날이 왔다.

야외에 설치된 회장은 어딜 보나 북적북적.

겨울이 가까워졌는데도 이 근방만 뜨거운 열기로 가득했다.

내 옆에 있는 이나바 유키오는 어마어마한 관객 수에 감탄한 모양이었다.

사실 나는 이런 라이브에 일반 관객으로 오는 게 처음이었다.

솔직히 불안함을 부정할 수 없다.

그래서 유키오에게 사정해서 이렇게 같이 와 달라고 했다.

절친인 이 녀석은 나와 밀스타의 관계를 아는 몇 없는 인간.

관계도 그렇고 입장도 그렇고, 내가 이전보다 더 유키오를 의지하게 되었다는 건 말할 것도 없을 테지.

참고로 유키오의 티켓도 밀스타 쪽에서 흔쾌히 마련해주었다.

텐구지 일로 신세를 졌으니 보답한다는 의미도 포함된 모양이었다.

그건 주로 나 때문에 일어났던 일이다.

하지만 세 사람이 마치 자기 일처럼 여겨준다는 게 기쁘기도 하고 간지럽기도 하다.

"할로윈 라이브라서 그런지 코스프레한 사람도 많네."

"그래, 시기에 맞춰서 그런 취지인 라이브라더라. 그 세 사람도 평소 무대 의상에 추가로 할로윈다운 코스프레 의상을 준비했대."

의상 내용은 못 들었으니까 대충 상상할 수밖에 없지만…… 카논은 마녀, 미아는 드라큘라가 어울리지 않을까.

레이는, 음. 프랑켄?

종잡을 수 없다고 해야 하나, 멍하니 있을 때가 많으니까.

"어쩐지 두근거려……. 나 이런 특별한 라이브 이전에 평범한 라이브에도 온 적이 없으니까. 린타로는 한 번 갔었지?"

"관계자석으로. 전에 보러 갔을 때는 넋이 나갈 정도로 열기가 굉장했어……. 콜 앤드 리스폰스가 끝이 안 나더라."

콜 앤드 리스폰스란, 간단히 말하자면 아티스트의 부름에 관객이 정해진 멘트로 응답해서 구성되는 퍼포먼스를 말한다.

라이브 회장 전체가 일체감으로 뒤덮이는 느낌은 뭐라 말할 수 없는 흥분을 안겨준다.

크게 소리치는 건 그리 내켜 하지 않는 나이지만 이런 때만큼은 아무래도 사정이 달라진다.

"와……. 그럼 오늘도 있으려나? 이날을 위해 밀스타의 노래를 많이 예습했는데."

"그렇게까지 해 준 거야?"

"모처럼 티켓까지 선물 받았으니까 전력을 다해 즐기고 싶잖아?"

유키오가 이런 일에 의욕적으로 나오는 건 조금 의외였다.

물론 좋은 의미로.

이렇게 부르는 보람이 있는 녀석은 잘 없다.

——그런 이야기를 하다가 벌써 시작 시각이 코앞으로 다가왔

다는 걸 깨달았다.

이윽고 대형 무대를 비추는 라이트가 바뀌며 회장 전체가 기대로 가득한 정적에 휩싸였다.

벌써 저녁.

어둑해진 가운데 빛나는 빨강, 파랑, 노랑 세 가지 색의 라이트.

그리고 각각 라이트가 비추는 곳에 그녀들이 서 있었다.

『——원, 투.』

익숙한 레이의 신호로 시작되는, 밀스타의 대명사라고 해도 과언이 아닌 데뷔곡.

세 사람의 매력이 아낌없이 담겨있는 이 노래는 듣기만 해도 신기하게 마음이 들뜬다.

거기에 세 사람의 노랫소리가 더해지며 회장은 커다란 흥분으로 채워졌다.

'이렇게 보면…… 역시 대단해.'

부르르 떨릴 정도로 강렬한 흥분을 누르며 나는 쓰게 웃었다.

나는 지금 이만한 사람들을 열광시키는 존재와 같이 사는 건가.

짐이 무겁다고 느끼는 부분도 있지만, 우월감을 느끼는 내가 있다는 것도 사실.

하지만 이 상황은 세 사람이 나를 필요로 해주기 때문에 발생했다.

제대로 거기에 걸맞은 서포트를 하지 않으면 나는 세 사람 곁에 있을 자격을 잃는 셈이다.

"앞으로는 한층 기합을 넣어야겠네……."

조용히 결의를 다지며 나는 오늘의 라이브에 몰두하기로 했다.

『여러분! 오늘은 와 줘서 고마워!』

“““오오오오오오오오오오오오!”””

카논의 외침에 관객에서 포효가 터졌다.

성량이 하도 커서 고막이 마구 뒤흔들렸지만, 신기하게도 전혀 불쾌하지 않았다.

오히려 나까지 이 외침에 합류하고 싶어진다고 해야 하나. 나는 이미 알 수 없는 일체감 속에 있었다.

『다들 오늘은 코스프레하고 왔어?』

“하고 왔어!”

이어서 카논이 관객에게 말을 걸자 강아지 귀를 단 여성 팬이 큰 목소리로 대답했다.

그로 인해 회장 내에 작은 웃음이 퍼졌다.

『아하하! 고마워! 다들 오늘은 전력으로 즐기고 가자! 재미있어 하지 않으면…… 장난칠 거야!』

“““오오오오오오!”””

카논의 장난기 어린 윙크에 다시 환호성이 터진다.

개중에는 손을 기도하듯 모으고 있는 사람도 있어서 조금 놀랐다.

여기까지 오면 일종의 종교다.

『카논, 우리도 바로 갈아입자. 모처럼 꾸미고 와 준 팬이 있으니까.』

『그래! 여러분! 조금만 기다려줘! 자, 레이도 가자!』

『응.』

세 사람이 본인의 의상에 손을 가져갔다.

한순간 옷이 크게 펄럭인다 싶더니, 직후 세 사람의 모습이 바뀌었다.

『짜잔!』

무슨 구조인 건지는 전혀 짐작도 가지 않았으나 세 사람은 어느새 할로윈에 맞춘 코스프레를 하고 있었다.

카논은 마녀.

미니스커트와 니하이 사이로 보이는 절대 영역에 나도 모르게 시선이 끌려갔다.

머리에 쓴 커다란 마녀 모자도 귀엽다.

미아는 드라큘라.

정장에 망토라는, 노출도가 적은 철벽의 복장이었지만 딱 맞는 바지가 미아의 뛰어난 몸매를 강조해주었다.

그리고 이에 코스프레용 이빨을 장착했는데, 살짝 보일 때마다 그녀의 요염함에 박차를 가했다.

여기까지는 내 예상이 멋지게 적중했다.

하지만 마지막 한 명인 레이만큼은 내 예상에서 크게 빗나갔다.

그녀가 입은 건 순백의 드레스.

아마도 비스크 돌 코스프레인 모양이다.

레이의 타고난 미모가 인형 특유의 아름다움과 으스스함에 절묘히 맞아떨어졌다.

사실 오토사키 레이라는 인간은 어디에도 없고, 그저 움직이는 인형이었다――.

그런 말을 들어도 지금의 레이만 본다면 믿어버릴지도 모른다.

그 정도로 존재감의 차이를 느꼈다.

『다음 곡은 할로윈에 딱 맞는 그걸로 갈까.』

『좋아! 간다! '할로윈 파티'!』

오렌지색 호박을 이미지한 듯한 라이트가 회장을 비추었다.

다시 커다란 함성이 터지는 가운데 세 사람은 코스프레한 채로 무대를 재개했다.

그 후 라이브는 별다른 문제 없이 종료되었다.

앵콜도 끝나고 밀스타 세 사람이 완전히 무대에서 내려갔다.

관객은 바로 돌아가도 되고, 굿즈 판매 부스에 들러서 쇼핑한 뒤에 돌아가도 되고.

우선 나는 무사히 라이브가 끝났다는 사실에 안도했다.

"벌써 끝이구나……. 처음 관람한 거지만 재미있네, 라이브."

어딘가 아쉽다는 듯 유키오가 그렇게 중얼거렸다.

"그거 다행이네. ……아, 부스 들렀다 갈래? 이미 인기 굿즈는 다 팔렸겠지만."

인기 굿즈인 티셔츠나 수건, 트레이드 마크가 달린 키홀더 등은 금방 매진된다고 세 사람에게 들었다.

라이브의 여운에 한참 잠겨 있던 탓에 지금부터 부스에 가도 맨 끝에 서게 될 것 같다.

그렇다면 인기 굿즈는 손에 넣을 수 없을 가능성이 크다.

"애초에 갖고 싶은 것도 딱히 없지만 일단 보고 싶어. 모처럼 왔으니까."

"그래, 그럼 들렀다 가자."

함께 판매 부스에 향하려고 한 그때——.

"꺅?!"

"이런."

맞은편에서 걸어오던 소녀와 어깨가 부딪치고 말았다.

가냘픈 소녀와 평균 체형인 남자 고등학생인 내가 부딪치면 누구의 자세가 크게 무너질지는 명백했다.

휘청거리며 넘어질 뻔한 소녀를 인식한 나는 반사적으로 그 팔을 잡아당겼다.

"죄송합니다, 괜찮으세요?"

"아, 네……."

넘어지기 직전에 멈춘 그녀와 눈이 마주쳤다.

꽤 예쁘게 생긴 모양이었는데, 크고 맑은 눈동자가 유독 인상적이었다.

입은 마스크로, 머리는 모자로 가려놔서 알 수 없었지만 아마도 상당한 미소녀.

레이와 만나지 않은 나였다면 이대로 넋을 놔버렸을지도 모른다.

설마 이런 곳에서 미소녀와 같이 사는 생활의 장점을 느낄 줄이야.

다행히 나는 눈앞에 있는 소녀의 외모에 특별한 감상을 느끼지 않을 수 있었다.

"아, 정말 죄송합니다. 억지로 잡아서…… 아프셨죠?"

"아, 아뇨! 제가 부딪친 거니까……."

다시금 자세를 고친 걸 확인한 뒤 나는 소녀의 손을 놓았다.

요즘 시대에는 좋은 의도로 도와줬다가 치한으로 몰리는 일도 있다고 한다.

낯선 여자와는 너무 엮이지 않는 게 낫다.

그렇게 생각한 나는 바로 자리를 떠나려고 발걸음을 돌렸다.

"저기!"

하지만 어째서인지 그녀는 내 옷자락을 잡았다.

의아해하며 돌아보자 촉촉한 눈동자와 다시 눈이 마주쳤다.

"왜, 왜 그러세요?"

"저기, 그게…… 부딪친 걸 사과할 겸 식사라도 어떠려나 해서……."

"네?"

이 여자는 뭔 소릴 하는 거지.

넘어질 뻔한 걸 구해줬을 뿐인 나에게 그렇게까지 할 필요는 없다.

딱히 악의가 있는 것처럼 보이지도 않지만, 솔직히 너무 지나친 호의라서 수상함마저 느껴졌다.

"……미안하지만 그런 건——."

"야…… 시로에게 뭐 하는 거야?"

마을 끊으려고 한 그 순간, 갑자기 나와 소녀 사이로 다른 사람이 끼어들었다.

나에게 날카로운 시선을 보내는 그 인물은 시로라고 불린 소녀에게 뒤지지 않을 만큼 미소녀였다.

"시로, 이 자식 치한이야?"

"뭐?!"

예상도 하지 못한 의혹에 나도 모르게 큰 소리가 나와버렸다.

이 여자는 갑자기 무슨 소리야?

"괘, 괜찮아? 린타로."

흘러가는 걸 지켜보고 있던 유키오도 이 이상은 막아야겠다고 생각한 건지 옆으로 다가왔다.

사이에 끼어든 여자는 아직도 나에게 경계심을 드러내고 있다.

아쉽게도 나는 그렇게 마음이 넓지 않다.

초면에 적대적인 태도를 보이고 누명을 쓸 뻔 했으니 이미 이 녀석에 대한 내 인상은 최악이었다.

"아 좀! 쿠로! 그 사람은 치한 아니거든! 오히려 넘어질 뻔한 나를 도와준 은인이지!"

"……그래?"

쿠로라고 불린 무뢰배는 나와 자기 뒤에 있는 소녀를 연신 번갈아 쳐다봤다.

그러고는 간신히 착각했다는 걸 깨달은 건지 미안하다는 듯 눈썹을 팔자로 내렸다.

"미안…… 성급하게 판단했어."

"어, 어어……."

그녀는 본인의 잘못을 알아차리자마자 순순히 머리를 숙였다.

나도 시비 모드로 넘어갈 뻔했던 만큼 너무 고분고분한 태도에 무심코 몸에서 힘이 빠졌다.

"우리 쿠로가 미안해. 얘는 남자에게 면역이 별로 없거든."

"……괜찮아. 착각했다는 걸 알았다면."

"고마워. 오빠가 착한 사람이라 다행이야. 그런데 연락처 교환하지 않을래?"

"전부 다 갑작스럽네……. 미안하지만 처음 보는 사람과는 교환하지 않는 주의거든."

당연히 거짓말이다.

이 녀석들에게서는 어딘가 귀찮아질 것 같다는 냄새가 난다.

특히 이 시로라고 불린, 칸사이 억양을 쓰는 여자.

붙임성 있는 태도에 마음을 놓았다간 어느새 내가 농락당하는 엔딩이 날 것 같다.

책사 타입인 미아에 수상함이 추가되었다고 하면 알아듣기 쉬우려나.

"아고, 아쉬워라. 그럼 다음에 어딘가에서 만나면 그때는 교환해줄래?"

"그래, 알았어."

정말로 만나게 된다면.

"약속했다? 그럼 가자, 쿠로. 이제 여기에 볼일은 없으니까."

"응."

"재회 기대할게. 다음에 봐."

가볍게 손을 흔들고 떠나가는 두 사람.

그 등이 작아진 걸 확인한 뒤 나는 크게 한숨을 쉬었다.

"하아……. 대체 뭐야? 지금 저 여자들."

"미안해, 바로 끼어들 걸 그랬어."

"유키오가 사과할 필요 없어. 딱히 아무런 피해도 없었으니까."

"음…… 어느 의미 헌팅, 이었던 걸까?"

확실히 헌팅 말고 따로 짐작 가는 것도 없다.

나에게도 드디어 인기 절정기가 온 거냐며 들뜨고 싶지만, 적어도 그 시로라고 불린 칸사이 여자는 틀림없이 골치 아프다.

솔직히 귀찮은 일에는 아무리 먹음직스럽다고 해도 사양이다.

"우선 우리도 가자. 괜히 시간 잡아먹혔네……."

"어, 응. 그래야지."

"응? 왜 그래?"

"……아니, 아까 그 두 사람 어디선가 본 것 같아서."

두 사람이 떠나간 방향을 보며 유키오가 그런 말을 흘렸다.

"어디서라니…… 어딘데?"

"으음…… 좀 생각이 안 나."

쓴웃음을 짓는 유키오를 보고 나는 고개를 갸웃거렸다.

어디서 본 것 같은 분위기──.

듣고 보면 나도 어쩐지 그런 느낌이 들었다.

모자와 마스크로 특징을 거의 가려놨지만, 분위기가 본 적이 있다고 할지…….

예를 들어 처음 밀스타 세 사람을 만났을 때 느꼈던 감각과 비슷했다.

어쩌면 잡지 같은 곳에서 활약하는 모델이나 아니면 인플루언서인 건지도 모른다.

그런 거라면 어디선가 본 것 같은 느낌이 들어도 이해가 간다.

"뭐 됐어. 가자, 린타로."

"그래."

딱히 중요하다고 생각하지 않았던 우리는 그대로 회장을 뒤로 했다.

회장을 떠난 우리는 적당한 패밀리 레스토랑에서 저녁을 먹은 후 그대로 역에서 해산하기로 했다.

다소 피로감을 느끼면서 귀가한 나는 땀과 더러움을 씻어내기 위해 샤워부터 했다.

내가 이벤트에 익숙하지 않은 것뿐인지도 모르지만, 라이브라는 건 보기만 해도 의외로 피곤한 모양이다.

몸을 닦는 수건이 평소보다 아주 조금 무거운 느낌이 들었다.

'그러고 보면…… 그 녀석들 오늘 저녁 어떻게 할 거지?'

라이브 자체로 머리가 꽉 차서 나도 세 사람도 라이브가 끝난 뒤에 어떻게 할지 아무것도 생각하지 않았다.

필요하다면 만들면 그만이지만, 라이브가 끝난 뒤에 간단하게 먹고 넘겨버리는 건 너무 심심하다고 해야 하나.

기왕이면 호화롭게 먹여주고 싶다.
그러면 장을 보러 갈 필요가 있는데――.
"응?"
머리카락을 드라이어로 말리고 있었더니 스마트폰으로 메시지가 도착했다.
보낸 사람의 이름은 미아.
나는 젖은 머리카락을 일단 방치하고 스마트폰의 잠금을 해제했다.
『미안해, 스태프들과 뒤풀이하기로 했어. 오늘 저녁은 셋 다 안 만들어줘도 돼.』
그런 메시지 뒤에 손을 모아 사과하는 모습의 이모티콘이 붙어 있었다.
그래, 그런 것도 있구나.
"그럼 귀가 시각은 언제쯤……."
뒤풀이라면 집에 돌아오는 시각도 상당히 늦어질 것이다.
그렇게 생각해서 답장을 보내자 날짜가 바뀌기 전에는 돌아오겠다는 메시지가 도착했다.
하긴 미성년자니까 어른이 있는 자리에서는 그렇게 되겠지.
자정 전이라면 아슬아슬 일어나있을 수 있을 것 같지만…….
"……한가해졌네."
드라이어를 다시 켠 나는 문득 깨달았다.
시각은 아직 저녁 7시.
라이브 자체는 5시에 끝났고 헤어지는 것도 빨랐다.

이렇게 될 줄 먼저 알았다면 유키오에게 조금 더 같이 있자고 부탁해 볼 걸 그랬다.

청소도 빨래도 라이브를 온전히 즐기고 싶어서 어제 미리 다 끝내놨고, 저녁을 만들 필요도 사라졌다.

이런 여유 시간은 고맙긴 한데, 갑자기 생기면 뭘 해야 할지 알 수 없게 된다.

'수업 예습이라도 할까……?'

나는 내 방에서 교과서와 노트, 그리고 문제집을 가져와 거실로 돌아왔다.

평소에는 방에서 하지만 모처럼 혼자 이 넓은 집을 쓸 수 있으니 굳이 방에 틀어박힐 필요도 없겠지.

보통 밥을 먹을 때 쓰는 테이블에 공부 도구를 펼쳐놓고 노이즈 캔슬링 이어폰을 꽂았다.

공부할 때 음악은 틀지 않는다. 잡음을 없애주면 그걸로 충분하다.

모처럼 생긴 여유 시간을 공부에 써버리다니 참 재미없는 남자라고 생각할지도 모른다.

하지만 그 녀석들을 돌보다가 성적이 떨어졌다는 건 죽어도 말하기 싫고, 그 녀석들이 책임을 느끼게 되는 것도 사양이다.

그렇다면 평소보다 더 공부해서 성적을 유지하거나 올리면 된다.

"좋아, 시작하자."

조용히 기합을 넣은 뒤 나는 집중해서 공부에 임했다——.

◇◆◇

"다녀왔습니다…… 흐아, 피곤해."

"뒤풀이, 좀 과하게 뜨거웠지."

"내 말이……. 다 큰 어른들이 하나같이 라이브 성공했다고 신이 나서는."

뒤풀이를 마친 우리 세 사람은 간신히 린타로의 본가로 돌아왔다.

"린타로! 돌아왔어!"

옆에서 카논이 신발을 벗으며 소리쳤다.

하지만 린타로의 대답은 없다.

"……대답이 없네."

"응, 어쩌면 외출한 건지도."

"으음, 그럼 우리에게 뭐라도 연락하지 않을까?"

"……그건 그래."

린타로는 항상 격려의 말과 함께 우리를 마중해준다.

그게 본인의 룰이라고 전에 말해주었다.

그런 린타로가 사정도 없이 그 룰을 깰 것 같지 않다.

무슨 일이 있었던 게 아닐까.

갑자기 불안이 치밀었다.

"자자, 우선은 안으로 들어가자."

미아에게 등을 떠밀려 나와 카논은 거실로 들어갔다.

"어……."

거실을 본 나는 무심코 안도하는 소리를 흘렸다.

거기에는 테이블에 엎드려 새근새근 잠든 린타로의 모습이 있었다.

교과서와 노트를 펼쳐놓은 걸 보면 공부하던 도중 잠들어버린 모양이다.

"뭐야, 자는 거였네."

"다행이다……."

린타로에게 무슨 일이 있을지도 모른단 생각에 조마조마했다.

우선 아무 일도 없는 듯한 모습을 보고 나는 가슴을 쓸어내렸다.

"라이브는 관객으로 보기만 해도 상당히 피곤해지니까……. 평소 우리를 위해 열심히 일해주고 있기도 하고, 잠들어버리는 것도 어쩔 수 없지."

"그래…… 근데 어쩔래? 가능하면 침대에서 재우는 게 낫지? 미아."

"응, 하지만 우리가 옮길 수 있을까?"

이대로는 린타로의 몸이 상할지도 모른다.

게다가 날이 쌀쌀해졌으니 감기에 걸릴 걱정도 들었다.

셋이 노력하면 침실까지 옮기는 것 자체는 가능할지도 모른다.

하지만 깨우지 않고 옮길 자신은 우리 모두에게 없었다.

그래도――.

"……감기에 걸리는 것보다는 옮기는 게 나아."

나는 두 사람에게 그렇게 말했다.

옮기다가 깨워버리는 건 불쌍하지만, 이대로 뒀다가 감기에 걸리는 것보다는 훨씬 나을 것이다.

최소한 거실 소파로 옮겨놓으면 근육이 뻐근해질 가능성도 줄어들고, 이불도 제대로 덮어줄 수 있다.

적어도 방치한다는 선택지는 없다.

"……그래, 레이 말대로야."

"음, 옮겨볼까."

"균형을 생각하면 세 사람이 드는 것보다 두 사람이 앞과 뒤를 드는 게 나을 것 같아."

"그럼 나와 레이가 해 볼게. 카논은 우리가 떨어트릴 것 같을 때 도와줘."

"알았어."

우리는 어떻게든 린타로의 몸을 소파까지 옮기는 데 성공했다.

한 번 그의 방 침대까지 데려가는 것도 시도해봤지만, 계단을 올라갈 수 없어서 포기.

중간에 많이 흔들기도 하고 기둥에 부딪힐 뻔하기도 했지만 결국 린타로는 한 번도 깨지 않고 여전히 자고 있다.

"이랬는데 안 일어나다니, 얘 많이 피곤한가 봐."

"그래……. 우리는 평소 얼마나 그에게 부담이 되고 있을까."

"……."

미아의 의문에 나는 아무런 대답도 하지 못했다.

그건 카논도 마찬가지였던 건지 입을 여는 대신 눈썹을 찌푸렸다.
"린타로, 우리에게 싫증이 나진 않으려나……."
"……괜찮아, 미아. 그런 일만은 없어."
자립적인 면모만 눈에 띄는 린타로지만 결코 약한 부분이 없는 건 아니다.
그건 지난번 텐구지와 있었던 일이나 어머니 이야기를 해줬을 때 증명되었다.
우리가 그걸 알기 때문에, 린타로가 정말로 힘들 때는 제대로 힘들다고 말해주지 않을까.
"우리가 린타로를 믿는 것처럼, 린타로도 우리를 믿어. 그러니까 이제 괜히 허세 부리지는 않을 거야."
"……응, 레이 말대로일지도 모르지. 조금 쑥스럽지만."
린타로와 쌓은 유대는 그리 쉽게 무너지지 않는다.
기분 좋게 잠든 이 얼굴을 보고 있으면 진심으로 그런 생각이 든다.
"그나저나 진짜 기분 좋게 자네."
기가 막힌다는 듯 말하며 카논이 린타로의 볼을 찔렀다.
"부러워. 나도 하고 싶어."
"안 돼, 레이. 깰지도 모르잖아? 카논도 장난은 적당히 하고."
카논과 나는 얌전히 손가락을 거두었다.
린타로의 부드러워 보이는 뺨을 만지고 싶었지만, 그랬다가 깨우면 아무래도 너무 미안하다.
"……하지만 확실히 자는 얼굴이 참 귀엽단 말이지."

우리 앞에서 미아가 스마트폰을 꺼냈다.

그러고는 카메라를 켜서 린타로의 얼굴을 담았다.

"미, 미아?!"

"괜찮아. 너희에게도 제대로 공유해줄 테니까."

"……그럼 됐고."

우리는 서로를 쳐다보며 웃었다.

이날 우리 밀피유 스타즈만 들어간 그룹 채팅방에 린타로의 자는 얼굴 컬렉션이라는 항목이 만들어졌다.

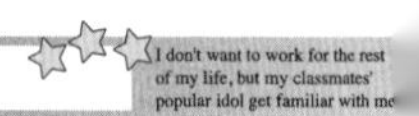
I don't want to work for the rest
of my life, but my classmates'
popular idol get familiar with me

"흐암……."

아침을 만들며 나는 큰 하품을 흘렸다.

어제 어느새 잠들어버린 나는 소파 위에서 눈을 떴다.

내 몸에는 이불이 덮여 있었고, 머리 아래에는 친절하게 평소 베는 베개도 깔려 있었다.

물론 굳이 소파로 이동해서 베개까지 꺼내 누운 기억 같은 건 없다.

그렇게까지 할 바에야 방에서 자지.

즉 이 집에 있는 누군가가 눕혀줬다는 뜻이 되는데——.

'민망하단 말이지.'

뺨이 뜨거워지는 걸 느낀다.

자는 얼굴을 보여준 데다 베개를 가져오느라 내 방까지 들어갔다.

소파로 옮겨준 건 고맙지만 이것만큼은 어떻게 제어할 수 없는 감정이다.

게다가 분명 그 세 사람 전부 내가 자는 걸 봤을 테고.

아무리 신체 능력이 괴물급이라지만 의식이 없는 남자 고등학생을 여자 혼자 옮기는 건 무리가 있다.

그렇다면 세 사람이 협력해서 옮겼을 게 틀림없다.

딱히 자는 얼굴을 보여주는 게 처음은 아니지만, 부끄러운 건 부끄럽다.

"그나저나……."

나는 거실에 있는 시계를 확인했다.

시각은 오전 10시.

일요일 오전이기도 해서 그 녀석들은 아직 나오지 않았다.

라이브 다음 날이니 피로도 쌓여있겠지.

문제는 내가 이런 시각에 일어났다는 점.

잠에 취해 있던 내 기억이 확실하다면 1시간 전에 일어났다.

쉬는 날이든 뭐든 평소에는 6시에 일어나는 내가 설마 했던 대지각.

한 번도 일어나지 않고 내내 푹 잠들었던 걸 보면 어제 어지간히 피곤했던 거겠지.

내 상상보다 더 라이브를 즐겼던 모양이다.

"……좋은 아침."

머리를 깨우기 위해 커피를 마시려고 했더니 레이가 거실로 들어왔다.

"좋은 아침. 별일이네, 네가 1등이라니. 평소엔 미아 다음인데."

"피곤할 때면 미아는 나보다 더 오래 자. 나도 평소보다 많이 잤지만 원래 오래 자는 만큼 큰 차이는 없나 봐."

"아하."

이것만큼은 한 지붕 아래에서 살아보지 않으면 알 수 없는 정보구나.

레이는 세면실에서 세수한 뒤 거실로 돌아왔다.

아직 졸려 보이는 눈을 비비며 소파에 앉았다.

"졸려 보이네. 커피 마실래?"

"응, 마실래."

"옛다."

"아, 린타로. 부탁이 하나 있어."

"응?"

"커피 내리는 거, 가까이서 보고 싶어."

그렇게 말하며 레이는 기대심에 반짝거리는 눈을 나에게 보냈다.

딱히 신기한 모습도 아닐 텐데――라고 생각했으나, 그러고 보면 가까이서 보여준 적은 없었던 것 같다.

"……재밌단 보장은 없어."

"괜찮아, 재밌는 걸 원하는 게 아니야."

레이가 부엌으로 들어왔다.

묘한 긴장감이 느껴지지만, 딱히 가르쳐주는 것도 아니니까 평소처럼 하면 될 뿐이다.

나는 몸에서 힘을 빼고 커피를 내릴 준비에 들어갔다.

"일단 지금 뭘 하는 건지 설명하는 게 나아?"

"가능하다면."

"오냐."

나는 냉장고에서 밀봉한 커피 원두를 꺼냈다.

그리고 분량을 잰 뒤 가루로 부수기 위해 전동 커피그라인더 안에 넣었다.

한때 수동식 커피그라인더를 동경하던 시기가 있었지만 매일 내리다 보면 역시 수고스럽다는 점을 깨닫고 결국 이 전동식에 정착했다.

손질을 게을리하지 않는다면 항상 균등하게 갈아준다는 점이 고맙다.

참고로 그라인더에도 원반형, 프로펠러형 같은 종류가 있는데 입자 크기가 불규칙해지기 쉬운 타입과 그렇지 않은 타입이 있다고 한다.

그냥 취미로 내리는 정도라면 지갑과 상담하면서 마음에 드는 디자인으로 사면 된다고 본다.

"평소 방식이면 원두는 기본적으로 중간이야."

"중간 입자?"

"얼마나 가늘고 곱게 갈았냐는 정도. 크게 아주 굵게, 굵게, 중간, 가늘게, 아주 가늘게 다섯 단계로 분류하는데 그중 딱 중앙 정도의 이미지지."

원두는 가늘게 분쇄할수록 추출할 때 풍미가 진해진다.

하지만 동시에 잡다한 맛이나 쓴맛도 강해지곤 하므로 그런 걸 싫어하는 사람은 마시기 고역스러울 게 틀림없다.

하지만 커피의 쓴맛을 좋아하는 나는 아주 굵은 입자로는 조금 부족함을 느낀다.

진한 맛을 느끼면서도 비교적 누구든 마실 수 있는 굵기.

그게 결국 가장 기본적인 중간 입자였다.

"원두를 다 갈면 그걸 드리퍼에 끼운 종이 필터에 담아."

드리퍼라는 건 즉 커피를 추출하기 위한 도구다.
이걸 그릇 위에 설치한 뒤 원두에 뜨거운 물을 붓는다.
그러면 그릇에 추출된 커피가 차오르는 구조다.
"이때 뜨거운 물을 붓는 법, 뜸 들이기 등 노하우는 다양하지만…… 지금은 길어지니까 설명은 다음에."
"응, 알았어."
끓는 물이 담긴 주전자를 드리퍼 위에서 천천히 기울였다.
간단히 노하우를 설명하자면, 최대한 물을 가늘게 붓는 것.
너무 콸콸 부어버리면 원두의 풍미가 우러나기 전에 물이 그릇으로 내려간다.
"물은 골고루 뿌리지 말고, 중앙을 노려서 작은 원을 그리듯이."
"……."
살짝 낙하지점을 움직이며 느릿느릿 부었다.
그리고 그릇에 마시고 싶은 양이 찬 것을 확인한 뒤 드리퍼를 뺐다.
"뭐, 이런 식이지."
"대단해, 잘 모르겠지만…… 그림이 됐어."
"그림이라니…… 뭐 만족했다니 됐고."
머그컵 두 개에 커피를 붓고 하나를 레이에게 건넸다.
"아, 레이는 크림과 설탕 넣어야 하지. 소파에서 기다려. 바로 가져갈 테니까."
"아냐, 오늘은 이대로 마실래."
"어?"

상상조차 하지 못했던 레이의 발언에 나도 모르게 되물었다.
"린타로가 정성스럽게 내려준 커피니까 앞으로는 맛을 바꾸고 싶지 않아."
그렇게 말하며 레이는 머그컵을 고이 감쌌다.
레이의 마음은 기쁘다.
하지만 내 바람은 레이의 생각과는 달랐다.
"……확실히 나는 커피 내리기에 집착이 있긴 하지만, 그걸 남에게 강요할 마음은 없어."
내가 커피를 직접 내리는 건 그냥 그런 내가 좋기 때문이다.
프로가 본다면 내 방식은 당연히 어설플 테고, 애초에 잘못된 방법일 가능성도 있다.
거듭 말하지만 커피를 내리는 건 그냥 취미다.
그 정도의 자존심인데 다른 사람에게 이렇게 마시라고 강요하는 짓은 할 수 없다.
"나도 좋아하는 맛은 있지만, 원두의 종류가 어떻다는 둥 맛이며 풍미며 전혀 이해하지 못하는걸. 오히려 무리해서 블랙으로 마셨다가 네가 커피를 싫어하게 되는 게 더 슬퍼."
"……."
레이는 손안의 커피와 내 얼굴을 번갈아 바라보았다.
그러고는 조금 안도한 듯 웃었다.
"……고마워, 린타로. 실은 블랙으로 먹는 건 좀 힘들었어."
"알아. 자, 평소처럼 가져다줄 테니까."
"알았어."

소파로 돌아가는 레이를 배웅한 뒤 나는 크림과 설탕을 준비했다.

상대를 배려하는 건 소중하지만 너무 배려한 나머지 위축되는 건 좋지 않다.

배려하면서도 하고 싶은 말은 똑바로 한다.

우리는 그런 편안한 거리감을 유지하고 있다는 느낌이다.

'얼마 전까지는 남 일을 생각할 여유조차 없었는데.'

변화한 내 모습에 스스로도 웃겼다.

생각해보면 나는 계속 나를 싫어했던 것 같다.

혐오만 주장하면서 다른 사람에게 다가가려고 하지도 않았다.

멋대로 내 운명을 저주하며 발버둥 치는 것조차 포기했다.

그런 녀석은 당연히 싫다.

새삼스럽다고 해도, 무시당한다 해도 나는 지금의 내가 조금 더 낫다고 느낀다.

앞으로 나를 더 소중히 여길 수 있게 된다면 분명 다른 사람에게도 친절하게 대할 수 있게 되——겠지. ……그렇게 되면 좋겠네.

그런 바람을 품이며 나는 머그컵과 크림과 설탕을 들고 부엌을 떠났다.

"……좋은 아침, 좀 오래 자 버렸네."

레이와 담소하고 있었더니 그런 말과 함께 미아가 거실로 들어왔다.

그녀의 말대로 오래 자 버려서 그런지 웬일로 머리가 조금 헝클어져 있다.

칠칠치 못하다고는 안 하지만 여유가 없어 보이는 미아의 모습은 어쩐지 신선했다.

"일찍 일어나서 린타로와 둘만의 시간을 보내는 건 내 특권이라고 생각했는데."

"안 돼, 독점은 금지야."

일어나자마자 어째서인지 레이와 미아가 서로를 노려보고 있다.

사이는 좋은데 가끔 이렇게 파직파직 적의를 드러내는 이유는 뭘까.

"미아, 너무 나나 레이를 놀려먹지 마. 그보다 커피 마실래?"

"이제는 놀리려고 이러는 게 아닌데…… 뭐 좋아. 응, 마실게."

"오케이."

소파에서 일어난 나는 방금 내린 뒤 보온해두었던 커피를 머그컵에 따랐다.

문득 신경 쓰여서 두 사람이 있는 곳을 봤더니 이미 평범하게 담소를 즐기는 중이었다.

가끔 험악한 분위기가 되지만 결국 이게 두 사람의 평소 모습.

이걸 알기 때문에 딱히 걱정하지 않고 지켜볼 수 있다.

"아까 린타로가 커피 내리는 걸 보여줬어."

"오, 좋겠다 레이만 보고. 나도 다음에 일찍 일어나면 보여달라고 해야지."

"……나도 내일부터 일찍 일어날래. 역시 독점은 안 돼."

"흐음? 레이가 가능할까?"

……험악한 거 아니지?

"——맞다, 린타로."

"어?"

"다음 주 말인데, 도시락 싸달라고 해도 될까?"

커피를 들고 돌아온 나에게 미아가 그런 부탁을 했다.

물론 준비하는 건 전혀 문제없지만…….

"미리 부탁하다니 별일이네. 뭐 먹고 싶은 거라도 있어?"

서포트하기로 하면서 나는 세 사람에게 몇 가지를 부탁했다.

예를 들어 먹고 싶은 게 있다면 반드시 사흘 전에 말해달라.

물론 갑자기 요구하는 게 나쁘다는 건 아니고, 꼭 먹고 싶은 게 있다면 유예를 두고 말해달라는 뜻이다.

재료가 많이 필요한 요리는 준비하는 데 시간이 걸리니 따로 시간을 뺄 필요가 있을지도 모른다.

최대한 세 사람의 요구를 들어주기 위한 서포트 쪽의 부탁이다.

미아에게 별일이라고 말한 건, 이렇게 부탁하는 건 레이가 제일 많았기 때문이다.

아니, 실제로 부탁하는 건 이게 처음일지도 모른다.

"응…… 아니 그게, 내 것만이 아니라 3인분 도시락을 부탁하고 싶어."

"뭐야, 전원?"

"힘이 붙는다고 해야 하나, 상당히 넉넉하게 만들어줘. 그날은 풀타임 연습일이라…… 아마 스태미나가 부족해질 테니까."

"풀타임 연습이라니…… 벌써 신곡 발표?"
"후후, 정답이야."
밀스타의 활동에서 가끔 등장하는 풀타임 연습.
그럴 때는 대체로 신곡 연습으로 꽉꽉 채워 넣는다고 한다.
곡과 안무가 완성되면 바로 연습에 들어가 하루에 걸쳐 전부 흡수한다.
그 후에도 연습 자체는 있다지만 곡 자체는 그날 하루 만에 외운다고 했다.
"이번에는 평소 냈던 곡보다 더 격렬하거든. 연습을 버티기 위해서도 우리에겐 칼로리가 필요해."
"그래, 알았어. 그런 거라면 스태미나가 팍 강화되는 도시락을 만들어주마."
"고마워, 린타로."
스태미나 도시락이라.
그렇다면 역시 고기를 뺄 수 없다.
결국 에너지가 필요한 거니까 많이 준비할 필요가 있다.
다음으로 떠오르는 건 역시 마늘.
하지만 먹는 사람이 여자, 심지어 아이돌이면 마늘을 너무 넣은 요리는 좀처럼 해주기 어렵다.
단순하지만 튀김을 만들까.
정말로 에너지 효율을 생각한다면 악수일지도 모르지만, 세 사람의 위장을 상식으로 가늠해서는 안 된다.
오히려 튀김만큼 칼로리가 높지 않으면 한 번의 식사로는 에너지 고갈이 일어날 것 같다.

“주문이 많아서 미안해, 린타로.”

“됐어. 그 주문을 들어주는 게 내 역할이니까.”

레이와 미아, 이 자리에는 없지만 카논도…… 그리고 나에게도 들려주듯이 나는 가슴을 폈다.

◇◆◇

세 사람의 도시락을 의뢰받은 날은 순식간에 찾아왔다.

아침 일찍 일어나서 만든 도시락의 내용물은 대량의 닭튀김과 간단한 샐러드.

그리고 질릴 정도로 한가득 담은 쌀밥.

생긴 건 점심시간에 야구부가 먹는 초특대 도시락과 아주 흡사하다.

아마도 내가 이 도시락을 다 먹으려고 한다면 그날 하루는 아무것도 하지 못하게 될 각오가 필요하다.

“플레이팅은 영 처참하지만…….”

나는 테이블 위에 늘어놓은 3인분의 도시락을 내려다보며 뺨을 긁었다.

혈당치가 급상승하는 걸 방지하기 위해 샐러드를 넣었지만 체면만 차린 수준이다.

다만 뭐, 체력은 붙겠지.

“자 그럼…… 어떡할까.”

나는 현실 도피하듯 거실을 둘러보았다.

아침이지만 세 사람의 모습은 없다.

왜냐하면 이미 스튜디오에 가 버렸기 때문이다.

'어쩔 수 없지…… 우리가 실수한 것도 아니고.'

쓰게 웃으며 도시락의 뚜껑을 닫았다.

이렇게 도시락이 아직 놓여있는 걸 봐도 알 수 있겠지만, 세 사람은 이걸 가져가지 못했다.

이유는 밀스타의 매니저와 신곡 안무가의 의사소통 오류.

연습 시작 시간이 1시간 어긋나버렸던 모양이다.

그로 인해 세 사람은 예상했던 출발 시각을 당겨야만 했고, 마찬가지로 처음 출발 시각에 맞춰서 요리하던 나는 도시락을 제때 들려주지 못했다.

『린타로, 미안하지만 나중에 도시락 가져다줘.』

출발하기 전, 정말 면목이 없다는 얼굴로 레이가 그렇게 말했다.

물론 미아도 카논도 레이와 비슷하게 부탁했다.

세 사람에게 잘못이 없다는 건 이해하지만 그 부탁을 받아들여야 할지 고민했다.

처음 가져다줬을 때와는 다르게 이번에는 매니저나 안무가와 마주칠 가능성이 있기 때문이다.

위험성을 생각해서 세 사람은 나라는 존재를 아무에게도 말하지 않았을 터.

그렇게 존재할 리가 없는 인간이 도시락을 배달하러 왔다고 스튜디오에 나타나면 일부에서 패닉이 일어날지도 모른다.

일단 전에 같은 반인 니카이도에게 사용했던 친척 작전으로 밀어붙이는 것도 생각했지만 그것도 어디까지 통할지——.

'하지만, 음…….'

이 도시락, 아마도 내일까지는 못 버틴다.

냉장고에 넣으면 상하지는 않을지도 모르지만, 반찬 상자와 밥 상자 하나씩 3인분, 총 6개의 상자는 차마 들어갈 것 같지가 않다.

밤에는 사무소 관계자와 회식이 있다고 하니 점심을 놓치면 오늘 내에 이걸 다 먹는 건 불가능하다.

하지만 먹지 않고 처분하는 건 가장 논외다.

어디 아픈 것도 아닌데 이만한 양을 쓰레기로 만드는 건 하늘이 뒤집어져도 말도 안 된다.

그렇다면 역시 선택지는 하나뿐.

"……가자, 친척 작전."

나는 체념의 한숨을 한 번 흘린 뒤 도시락이 전부 들어가는 배낭을 가져왔다.

점심시간에 맞춰서 여기에 있는 도시락을 배달하러 간다.

그게 지금 내가 할 수 있는 유일한 일일 테니까.

세 사람에게 도시락을 가져다주겠다고 연락한 후, 나는 점심에 맞춰 도착하도록 일찌감치 집에서 나왔다.

내 본가에서 판타지스타 예능사무소까지는 전철로 네 정거장.

사실 전에 살던 곳에서는 멀어지고 말았으나, 세 사람 다 그 부분을 딱히 신경 쓰는 기색은 없었다.

실제로 이렇게 가 보니까 별로 불편은 느껴지지 않는다.

뭐, 애초에 그 녀석들은 차를 타고 이동할 때가 많으니 처음부터 집의 위치는 우선도가 낮았던 건지도 모르지만.

휴일 점심 시각이라 그런지 제법 오가는 사람이 있는 가운데 나는 판타지스타 사무소와 가장 가까운 역에 도착했다.

그리고 역에서 잠시 걷자 바로 그 존재감 넘치는 거대한 빌딩에 시야에 들어왔다.

"여전히 크네……."

위쪽까지 보려고 하면 목이 뻐근해질 것 같다.

이게 전부 예능사무소 빌딩이라고 하니 나도 모르게 웃음이 나올 것 같다.

전에는 여기서 사는 세계가 다르다는 걸 통감했었던가.

어쩐지 그리움에 잠기며 나는 빌딩에 발을 들여놓았다.

"무슨 용건이십니까?"

"그게…… 댄스 스튜디오 102에 볼일이 있는데요, 일단 12시부터 시도란 이름으로 약속이 잡혀있을 텐데요……."

접수처에 있는 직원에게 그렇게 대답했다.

그러자 그녀는 근처 모니터로 무언가를 확인한 뒤 나를 보며 웃었다.

"12시에 약속하신 시도 님이시군요. 확인을 마쳤으니 저쪽에 보이는 엘리베이터를 타고 20층으로 올라가신 후 댄스 스튜디오 102로 가시면 됩니다."

"알겠습니다."

안내해준 대로 엘리베이터를 타고 위로.

업계인인 듯한 사람과 안에서 마주치는 바람에 조금 민망함을 느끼며 20층에서 내렸다.

"여기구나."

나는 102라고 적힌 스튜디오 앞에서 발을 멈췄다.

우선은 딱히 늦지 않고 도착한 것에 안도했다.

전과는 다른 장소에 있는 스튜디오라 무사히 도착할 수 있을지 조금 불안했었다.

"……실례합니다."

나는 노크한 뒤 스튜디오의 문을 열었다.

──나중에 깨달은 거지만, 모든 스튜디오에 방음 설계를 해놓았으니 노크해도 의미가 없더라. 생각하면 좀 창피하다.

"**미아의 친척**인데요, 도시락을 배달하러 왔습니다."

스튜디오에 들어가며 나는 안에 있을 사람들에게 말을 건넸다.

미아의 친척으로 설정한 건 외모적 특징 때문이었다.

외국인의 피가 흘러서 화려한 금발인 레이보다 검은 머리카락인 미아와 혈연이라고 하는 게 그나마 믿어줄 가능성이 크다고 생각했다.

조금이라도 확률은 높은 게 낫지.

"어떻게 된 거야?!"

하지만 그런 내 말은 일절 전달되지 못한 듯, 스튜디오를 뒤흔들어놓는 듯한 노성이 들렸다.

넓은 스튜디오 안에서 목소리가 들린 쪽을 보자 그곳에는 밀스타 세 사람의 모습이 있었다.

아무래도 지금 그 목소리는 카논이 낸 모양이었다.

그리고 어째서인지 실내에 어른의 모습이 없다.

점심시간이라 어딘가로 이동한 걸까?

시야에 보이는 건 밀스타 세 사람과, **또 다른 두 사람**.

"그러니까 양보해줄 마음이 없냐는 거예요. 부도칸 라이브 권리."

그 두 명 중 한 명이 카논에게 그렇게 대꾸했다.

부도칸 라이브 권리라는 단어가 들려서 나는 무심코 그쪽을 향해 걸어갔다.

"너희 뭐 하는 거야……?"

"아, 린타로."

나를 알아차린 세 사람이 이쪽을 돌아보았다.

레이는 평소와 같은 표정이지만 격노한 상태인 카논과 무척 난감한 표정인 미아의 모습을 보건대 뭔가 일이 일어났다는 건 틀림없는 모양이다.

"갑자기 쳐들어오더니 이 녀석들이 난데없이 싸움을 걸었다고!"

"이 녀석들이라니……."

널따란 스튜디오라서 잘 보이지 않았지만, 가까이 다가가자 간신히 다른 두 사람의 얼굴을 확인할 수 있었다.

그리고 나는 놀랐다.

그 두 사람의 얼굴이 나도 알 만큼 엄청난 유명인이었기 때문이다.

"초콜릿 트윈즈?!"

동영상 사이트에서 일약 유명인이 되어 지금은 나는 새도 쏴서 떨어트리는 기세로 활약 중인 2인조 아이돌 그룹── 그것이 초콜릿 트윈즈, 통칭 트윈즈다.

같은 아이돌이자 밀스타의 라이벌이기도 한 두 사람이 어째서인지 여기에 있다.

"응? 어라, 혹시 지난번의 그 오빠?"

"어?"

트윈즈 중 화이트 담당인 시로나가 나를 향해 말을 걸었다.

정말로 염색한 건지 의심스러울 만큼 투명한 하얀색 머리카락.

더불어 탁월한 몸매와 외모를 지닌 그녀는 어째서인지 나와 면식이 있는 모양이다.

"나야 나. 밀스타 라이브 회장에서 부딪쳤잖아? 기억 안 나?"

"……아!"

회장에서 부딪쳤더니 연락처를 물어봤던 칸사이 소녀.

그 외모와 눈앞에 있는 시로나의 외모가 흐릿하게 겹쳐졌다.

"아니…… 당신 트윈즈였어?"

"대단한 우연이네. 그런 오빠는 왜 여기에 있는데?"

"어? 아, 응…… 이 녀석들에게 도시락을 부탁받아서."

"흐응? 밀스타와 친하구나?"

"그, 그런 건 아니야. 나는 미아의 친척이니까 도와주는 것뿐이지."

"오, 미아의 친척?"

시로나는 눈을 가늘게 뜨고 미아를 쳐다보았다.

"그래, 그냥 서포터지. 그보다 우리에게서 부도칸 라이브 권리를 빼앗겠다는 이야기를 조금 더 자세히 들려주지 않겠어?"

"권리를 빼앗는다고……?"

놀라는 나에게 미아가 눈짓을 보냈다.

여기서는 괜히 위장이 들통나기 전에 일단 물러나라는 의미인 모양이다.

대화 흐름상 미아는 트윈즈에게 아무런 약점도 보여주고 싶지 않은 거겠지.

순순히 고개를 끄덕인 나는 세 사람 뒤로 물러났다.

"자세하고 뭐고, 말 그대로인데요. 우리는 부도칸에서 라이브하고 싶거든요. 그러니까 당신들의 부도칸 라이브를 우리에게 양보해달라고 한 거죠."

"그렇게 말한다고 우리는 수긍할 수 없는데. 우리에게서 굳이 빼앗으려고 하는 이유가 뭐지? 부도칸에서 라이브하고 싶은 거라면 사무소와 함께 부도칸측에 연락하면 되잖아."

"하하하하! 천하의 밀피유 스타즈씩이나 되면서 재미없는 말을 하네!"

"재미없다고?"

"뭐, 솔직히 부도칸 라이브 같은 건 별로 중요하지 않아요. 우리가 정말로 하고 싶은 건 당신들과 '전쟁'하는 거니까. 밀스타와 트윈즈 중 누가 더 위인지 확실하게 보여주기 위한 승부. 그럴 수 있다면 이유 같은 건 뭐든 끌고 오는 거지."

시로나는 진심으로 재미있다는 듯 웃고 있다.
나는 그런 그녀에게 가벼운 오한을 느꼈다.
바닥이 보이지 않는다고 해야 하나, 정체를 알 수 없다고 해야 하나.
어쨌거나 이 여자는 찍히고 찍어내는 승부를 즐거워하는 타입이다.
언동으로 보아 무엇보다 경쟁이 목적인 모양이다.
부도칸에 서고 싶다는 명확한 목표를 내건 레이와는 전혀 다르다.
이런 걸 버서커라고 하나?
"그래, 오빠는 밀스타의 서포터라고 했었지?"
시로나는 눈을 빛내며 갑자기 나에게 말을 걸었다.
"……어, 그런데."
"그럼 이런 건 어때? 우리가 밀스타와 승부해서 이기면 오빠가 우리 서포터가 되는 거야."
"뭐?"
"굳이 스튜디오까지 가져다주다니, 이 사람들이 오빠의 도시락을 원한다는 증거잖아. 분명 아주 맛있겠지……. 오빠가 더욱 마음에 들었어."
그렇게 말하며 시로나는 내 팔에 달라붙었다.
달콤한 향기와 그녀의 부드러운 몸이 내 오감을 매섭게 자극했다.
"——린타로에게서 떨어져."

하지만 동시에 지금까지 들어본 적 없는 싸늘한 목소리가 레이의 입에서 흘러나왔다.

레이가 나와 시로나를 억지로 떼어놓았다.

그 모습에 조금 놀란 표정을 지은 시로나였으나, 바로 이전처럼 웃었다.

“저런, 당신이 가장 화난 표정을 짓다니. 피도 눈물도 없는 줄 알았는데.”

“린타로는 절대 못 줘. 그러니까 포기해.”

“그런 말을 들으면 더욱 갖고 싶어지는데…… 난 원하는 게 남의 거일 때가 더 불타오르거든.”

레이와 시로나 사이에서 불꽃이 튀었다.

레이가 나를 소중히 여겨준다는 건 기쁘기 그지없지만, 지금은 조금 상황이 안 좋다.

특히 눈앞에 있는 저 녀석은 아마 진짜로 남의 것을 빼앗으면서 쾌락을 느끼는 타입.

여기서 반박하면 저 녀석은 지금까지보다 더 열을 올릴 것이다.

“……린타로를 빼앗으려고 한다면 나도 가만히 있진 않을 거야.”

“동감이야. 린타로는 우리에게 필요한 사람이니까. 손을 대려고 한다면 전력으로 저항하겠어.”

카논에 이어 미아까지 나서자 나는 머리를 부여잡을 뻔했다.

기쁜 말이긴 하지만 여기서 발끈하는 건 좋지 않다.

시치미를 떼는 게 베스트.

밀스타에게 싸움을 걸어도 재미없다고 인식하게 만드는 게 중요하다.

"오빠를 참 필요로 하는구나. 그런 오빠를 빼앗는다고 생각하니까 오싹오싹한데?"

황홀한 표정을 짓는 시로나.

솔직히 나는 그 얼굴을 보고 진심으로 쫄았지만, 밀스타는 움츠러들지 않고 그녀 앞을 가로막았다.

"뭐, 좋아. 오늘은 인사하러 온 것뿐이니까요."

그렇게 말하며 시로나는 어깨를 으쓱했다.

"밀스타 여러분, 우리를 잊지 마시길. 당신들은 반드시 우리와 싸우게 될 거야. 아무리 싫어해도."

"……무슨 뜻이지?"

"그건 그때를 기대해줘. 뭐, 겁쟁이인 당신들은 그 전에 꼬리 말고 도망쳐버릴지도 모르지만."

미아의 미간에 주름이 파였다.

이 말투, 앞으로 무언가가 일어난다는 걸 아는 모양이다.

이쪽은 그걸 알지 못한다.

따라서 아무런 반박도 하지 못한다.

"돌아가자, 쿠로. 이제 이 사무소에서 볼일은 끝났어."

"응."

쿠로메를 데리고 스튜디오의 출구로 걸어가던 시로나는 중간에 발을 멈추고 돌아보았다.

"맞다, 깜빡할 뻔했네. 오빠, 연락처 교환하자."

"……그래, 약속했었으니까."

재회하면 연락처를 교환한다.

만날 리가 없다고 생각했기 때문에 한 약속이었지만, 설마 이런 형태로 이뤄지게 될 줄이야…….

"기억해줘서 기쁘네. 약속을 지킬 줄 아는 남자는 맘에 들어."

나는 어쩔 수 없이 시로나와 연락처를 교환했다.

아무래도 개인용 계정으로 교환한 건지 메시지 애플리케이션에 표시된 이름은 예명이 아닌 코즈카 시로나였다.

"완전히 본명이잖아……."

"오빠와는 개인적으로도 교류하고 싶으니까. 본명을 숨기는 건 선을 긋고 대하는 것 같아서 별로잖아. 그치? '시도 린타로'."

싱글거리며 시로나는 내 계정명을 읽었다.

나는 여기서 묘한 위기감을 느꼈다.

마치 커다란 약점을 잡힌 것 같은── 그런 감각이었다.

"그럼 시간 내 주셔서 감사했습니다. 다음에 보자."

그 말을 끝으로 초콜릿 트윈즈는 스튜디오에서 나갔다.

남은 우리의 분위기는 다소 무거웠다.

"린타로, 너 그 두 사람과 면식이 있었던 거야?"

미아의 질문에 나는 작게 한숨을 쉬었다.

그야 물어볼 거라고 예상은 했고, 대답하지 않을 수도 없다.

"뭐 그렇지. 너희 할로윈 라이브 때 관객석에서 부딪쳤어. 그때 괜히 찍혀버린 것 같아……."

"그렇구나. 정찰이라도 하러 왔던 건가."

십중팔구 정답이다.

이렇게 시비를 걸러 왔다는 걸 보면 적어도 밀스타를 라이벌로 인식하고 있다는 거니까.

관객으로서 회장에 있었던 것도 선전포고하기 전의 정찰이라고 한다면 이해가 간다.

“그나저나……! 이유는 뭐든 상관없다니, 진짜 웃기는 자식들이잖아! 부도칸도 린타로도 내기에 걸 만한 게 아닌데!”

“진심으로 동의해. 설령 경쟁하게 된다고 해도 그 두 개를 상품으로 거는 것만큼은 말도 안 되지.”

당연하지만 카논과 미아의 기분은 몹시 나빠 보였다.

레이는 어떠려나.

나는 그녀의 상태가 신경 쓰여서 시선을 돌렸다.

그러자 그곳에는 노골적으로 투쟁심을 드러내고 있는 레이가 있었다.

“레, 레이?”

“……린타로도, 부도칸도, 내기할 수 없는 아주 소중한 대상이야. 하지만…… 무시당해서 조금 분해.”

그 말을 듣고 나는 흠칫했다.

설마 저 레이가 투지를 불태우다니 생각지도 못했다.

오토사키 레이로서가 아니라 밀피유 스타즈의 멤버 레이의 자존심을 크게 건드린 건지도 모른다.

“그 부분은…… 그래. 겁쟁이라는 말까지 들으면 아무리 그래도 열 받을 수밖에…… 아니! 무지막지 열 받아!”

“도발이라는 걸 알아도 분한 건 분하니까. 설령 시로나의 말대로 정말 무언가 승부에 휘말리게 되었을 때, 거기서 꼬리를 말고 도망쳤다간 우리는 아마 이 업계에서 살아갈 자존심이 꺾여버릴 거야."

"무언가를 내기로 건다는 시건방진 짓은 못 하게 만들겠어……! 이렇게 된 이상 정정당당하게 어떤 승부라도 받아주마."

세 사람 모두 눈에 격렬한 투지가 깃들었다.

의욕이 넘치는 건 좋은 일이지만 이래도 괜찮은 걸까.

애초에 세간의 인기로는 밀스타가 더 앞서가니까 그 시점에서 상대할 필요도 없지 않나——.

"……아니, 그런 식으로 생각하는 시점에서 내가 가장 승패에 연연하는 건가."

밀스타가 위. 정말 그렇게 인식하고 있다면 저 녀석들의 발언을 전부 무시하고 평소처럼 여유로운 태도를 보이면 그만이다.

하지만 실제로는 그렇게 단언할 수 없을 만큼 트윈즈의 기세가 어마어마하다.

어느 쪽 무대가 더 대단한지, 어느 쪽이 더 인기가 많은지 이 자리에 있는 전원이 의식하고 있다.

"와 보라고 그래……. 부도칸 라이브가 정해져서 기합을 재충전했다지만 요즘은 살짝 해이해진 감이 있었단 말이지."

카논이 주먹을 우드득 꺾었다.

레이도 미아도 같은 의견인 모양이다.

"타도 초콜릿 트윈즈! 그러기 위해서도 린타로의 도시락을 먹고 지금보다 더 우리를 채찍질하는 거야!"

"응."

"응……!"

카논의 선창에 맞춰 세 사람은 천장을 향해 주먹을 들었다.

"자, 린타로! 너도!"

"나, 나도?"

"너도 우리의 중요한 동료잖아! 같이 해야지!"

"……알았어."

이런 대단한 녀석들이 동료라고 하니 나잇값도 못 하고 가슴이 설렜다.

그렇게까지 말한다면 어쩔 수 없지.

카논이 시키는 대로 나도 세 사람처럼 주먹을 들어 올렸다.

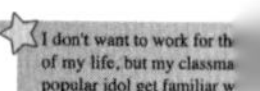
I don't want to work for th
of my life, but my classma
popular idol get familiar w

밀피유 스타즈의 전속 서포터가 된 나이지만 평일은 당연히 평범하게 학교에 간다.

레이가 아무리 일 때문에 학교를 쉰다고 해도 어디까지나 일반인인 내가 쉴 수는 없기 때문이다.

뭐, 딱히 쉬고 싶은 것도 아니고.

그런 관계로 초콜릿 트윈즈의 습격으로부터 며칠이 지난 평일.

나는 여느 때처럼 수업을 받고 집으로 돌아갈 준비를 하는 중이었다.

"흐암……."

"하품이 크네, 린타로."

유키오의 말에 나는 무심코 입을 다물었다.

"아, 미안. 보기 흉했지?"

"나는 신경 쓰지 않지만…… 피곤한 거야?"

"아니, 음…… 딱히 그런 건 아니라고 보는데."

거실에서 공부하다 잠들어버린 그 날 이후로 묘하게 졸리다.

아마 새로운 생활로 다소 바빠졌다는 게 이유일 테지만, 하다 보면 익숙해지겠지.

그때까지만 참으면 된다.

"흐음……? 린타로, 오늘은 바로 집에 가?"

"어, 그러려고."

평소처럼 유키오와 하교하기 위해 나는 교과서를 넣은 가방을 등에 멨다.

동시에 교실 구석에 모여있던 남학생들에게서 환호성이 터졌다.

"아까 올라온 트윈즈 영상 대박 아니냐?"

"내 말이! 진짜 댄스가 파워풀해서 깜짝 놀랐어!"

트윈즈라는 단어에 자동으로 의식이 그쪽으로 끌려갔다.

아무래도 점심 무렵에 트윈즈의 계정에서 신곡이 업로드된 모양이다.

"요즘 한층 정력적으로 활동하는구나, 트윈즈."

"……어, 그런가 봐."

"……? 왜 그래? 린타로."

"아니, 그 트윈즈 관련으로 좀 일이 있었거든."

어리둥절한 유키오의 얼굴을 보고 잠시 생각했다.

이 녀석은 밀스타와 나의 관계를 알고 있다.

더불어 나를 도와주려고 한다.

여태까지도 유키오의 의견으로 위기를 벗어난 적이 몇 번 있다.

시로나가 말했던 전쟁 어쩌고는 아직 시작하지 않았지만, 미리 사정을 이야기해둬야 할지도 모른다.

"미안, 오늘 패밀리 레스토랑에라도 들렀다가지 않을래?"

트윈즈 일을 이야기하기 위해 나는 유키오에게 그렇게 제안했다.

"트윈즈 쪽에서 선전포고?!"

"그래, 그것도 사무소까지 쳐들어와서 정면으로 당당하게."

"배짱이 좋다고 해야 하나…… 폭주 기관차라고 해야 하나……. 파격적이네, 트윈즈."

"나도 그렇게 생각해."

패밀리 레스토랑으로 이동한 나는 유키오에게 트윈즈가 쳐들어왔던 사건의 자초지종을 전달했다.

실제로 트윈즈—— 아니, 시로나는 아주 파격적인 존재라고 할 수 있다.

밀스타와 트윈즈는 다른 예능사무소에 소속되어 있으며, 당연히 모회사나 자회사 같은 연결고리도 없다.

그런데도 그 녀석들은 당당히 스튜디오까지 쳐들어와서 싸움을 걸고 돌아갔다.

그 자리에 어른이 없었으니 망정이지, 만약 스태프가 보기라도 했다간 문제가 일어나지 않았을까.

"……이건 내가 멋대로 예상한 거지만, 시로나는 스튜디오에 어른이 없다는 것도 알았던 게 아닐까?"

"알았다고?"

"동영상 사이트의 계정 운영 방식 같은 걸 보면 시로나는 머리를 써서 인기를 쟁취하는 타입인 것 같거든."

유키오의 말대로 동영상 사이트를 보자 트윈즈의 계정은 투고 시각과 투고 간격이 일정하고, 노래 말고도 일상적인 기획 영상도 제대로 유행에 맞췄거나 섬네일도 신경을 쓰는 등 조회수를 벌기 좋도록 법칙을 따라가는 것처럼 보였다.

인기가 폭발한 뒤에도 갱신 빈도는 변하지 않았고 동영상 퀄리티도 여전하다.

아니, 오히려 더 좋아진 느낌마저 든다.

적나라하게 말하자면, 자본이 들어가서 그렇게 된 건지도 모른다.

"아마 기획이나 시나리오는 전부 시로나가 생각하는 것 같아. 쿠로메 쪽은 그걸 따라가는 것뿐이라는 느낌. ……이런 표현은 좀 그렇지만. 시로나가 쿠로메를 제어…… 하는 건지도 몰라."

"어, 아마 그럴 거야."

실제로 만났을 때 나도 똑같은 느낌을 받았다.

다만 쿠로메의 인상에서 조금 다른 점이 있다.

그 녀석은 그냥 제어 당하는 게 아니라, 시로나에게 이상할 정도로 집착한다.

단순한 애완견이 아니라 충견이나 경비견이라는 이미지다.

라이브 회장에서 물어뜯던 모습을 떠올릴 때마다 그 날카로운 눈매만 생각난다.

"뭐, 매니저나 프로듀서가 브레인으로 참여했을 가능성도 있지만…… 그래도 린타로도 같은 인상을 받았다면 썩 틀리진 않나 봐."

"……그나저나 너, 용케 이 정도로 트윈즈에 대해 잘 아네. 의외로 팬이라거나?"

"팬인 건…… 으음, ……이런 말을 하는 건 조금 부끄럽지만."

유키오는 쑥스럽다는 듯 뺨을 긁적였다.

그러고는 가방으로 손을 뻗더니 안에서 한 권의 노트를 꺼냈다.

"밀스타, 트윈즈, 그 외에도 인기 있는 아이돌이나 아티스트의 활동을 최대한 따라가고 있어. 이벤트나 콘서트에는 가지 못하니까 인터넷으로 알아볼 수 있는 범위로밖에 조사하지 못하지만…… 아, 물론 학업을 뒷전으로 미룰 정도까지는 아니야."

테이블 위에 펼친 노트에는 다양한 아티스트의 SNS 운영법이며 유행하는 멜로디 등이 개인의 이미지 범위에서 상세하게 정리되어 있었다.

전문지식이 없는 대신 일반인의 시선으로 분석한 모양이다.

"너 이거…… 어느새?"

"린타로가 불러서 밀스타와 만난 날부터. 솔직히 세 사람과 나는 거의 상관없는 남남이지만, 린타로가 세 사람을 위해 노력하는 걸 보고 네게 도움이 되는 일을 하고 싶었거든."

그렇게 말하며 유키오는 웃었다.

뭐지 이 녀석. 천사인가?

"네가 남자라 다행이야. 여자였다면 틀림없이 진작에 반했을 거다."

"무…… 무슨 소리야! 린타로!"

"하하하! 농담이야, 농담."

"정말이지……!"

어째서인지 유키오는 토라진 듯 고개를 홱 돌려버렸다.

그렇게 심하게 놀리려던 건 아니었는데——.

"……뭐 됐어. 적어도 밀스타는 골치 아픈 상대에게 걸렸다는 거지?"

"어……. 나 참, 귀찮게."

나는 드링크바에서 가져온 아이스 커피를 마셨다.

그 세 사람이 어떻게 생각하는지는 모르지만 나는 이 상황을 도저히 긍정적으로 느낄 수 없었다.

생각하기에 따라선 서로 지명도를 이용해 더욱 날아오르는 걸 기대할 수 있는 상황일지도 모른다.

하지만 이미 그걸로 기대할 수 있는 성과보다 위험이 더 커 보였다.

하필 꿈이었던 부도칸 라이브를 앞두고 있으니까…….

어지간한 일이 없는 한 중지되지는 않을 테지만, 굳이 불구덩이에 뛰어들 필요도 없다.

저쪽은 이쪽의 사정 같은 건 아랑곳하지 않으니까——.

"아무튼, 뭔가 정보가 필요하다면 최대한 내 쪽에서 모아볼게. 이런 정리는 좋아하는 데다 나 나름대로 협력도 하고 싶으니까."

"진짜 고마워. 나는 아무래도 그런 건 영 서툰 데다 세 사람도 본직 때문에 하도 바빠서……."

"응, 맡겨줘."

가슴을 펴는 친구의 모습은 아무튼 몹시 든든했다.

그 후 새집에서 겪은 근황 같은 걸 이야기하다 보니 어느새 제법 시간이 지나갔다.

겨울이 가까워지고 있어서 저녁이어도 밖은 상당히 어두웠다.

"슬슬 돌아가자."

"그래. 저녁 준비도 해야 하고…… 응?"

계산하러 가는 길에 내 스마트폰으로 레이의 메시지가 도착했다.

레이의 메시지가 올라온 곳은 그 세 사람과 나의 그룹 채팅방.

"무슨 일이야?"

"아니, 뭔가 걔들 밤에 회의한다고 그러는데……."

"회의?"

"아마 트윈즈 건이겠지. 순수하게 일과 관련된 회의라면 나는 매번 빠지거든."

그렇기에 조금 안 좋은 예감이 들었다.

계산을 마치고 유키오와 헤어진 나는 그대로 곧장 집에 돌아가기로 했다.

"어서 와, 린타로."

"어, 다녀왔어…… 아니, 벌써 다 모여있었냐?"

집으로 돌아온 나는 거실에 세 사람이 모여있는 걸 보고 놀랐다.

"오늘은 잡지 촬영으로 늦어진다고 하지 않았어?"

"문제가 생겨서 촬영을 미뤄달라고 했거든. 그래서 오늘은 거의 회의만 했어."

"대체…… 무슨 일이 있었는데?"

내가 그렇게 물어보자 세 사람의 얼굴이 날카로워졌다.

그중 말하게 불편해하면서도 대답해준 사람은 미아였다.

"초콜릿 트윈즈 쪽에서 정식으로 오퍼가 들어왔어. 밀피유 스타즈와 초콜릿 트윈즈가 인기투표로 대결한다는 기획을."

"인기투표 대결……?"

"팬에게 어느 그룹을 응원하고 싶은지 고르라고 해서 투표수가 많은 쪽이 승리. 시기는 11월 중순부터 일주일. 그 기간 내에 투표한다――는 모양이야."

일주일에 걸친 인기투표 승부라.

그런 거라면 밀스타가 더 유리하지 않나.

트윈즈도 폭발적으로 잘 나간다지만 밀스타에게는 아직 미치지 못할 텐데.

밀스타의 판매량은 정말로 차원이 다르다.

역대 아이돌 중에서도 비슷한 붐이 없었기에 전문가가 분석하려고 한다는 이야기도 들었다.

완전히 시대를 대표하는 인물.

정면으로 붙어봤자 밀스타가 질 것 같지는 않다.

"린타로, 너 지금 우리가 질 리 없다고 생각했지?"

"어? 어, 어어…… 그런데."

"나도 그렇게 생각해. 하지만 결국 그건 미디어 전체를 무대로 싸웠을 때 그런 거고."

"……그게 뭐가 문제인데? 미디어 전체를 무대로 이길 수 있다면 다른 건 필요 없잖아."

"그렇지. 하지만 어느 한정적인 장소에서는 그 녀석들이 우리의 인기를 능가하거든."

"……설마."

카논은 이해할 수 없다는 듯 한숨을 쉬었다.

그리고 스마트폰을 켜서 어떤 애플리케이션을 열었다.

"미튜브……. 그 녀석들이 투표 장소로 지정한 건 자기들의 본진이라고 할 수 있는 사이트의 앙케이트 기능이야."

미튜브란 세계적으로 유명한 초대형 동영상 사이트를 말한다.

많은 인플루언서를 배출한 이 사이트에서 트윈즈는 막대한 인기를 얻었다.

본래 여기 출신이라는 것도 있을 테지만, 메이저로 데뷔한 지금도 활동을 멈추지 않는 게 인기의 비결로 보인다.

"아쉽게도 우리는 인터넷 활동에는 별로 힘을 쏟지 않았거든. 물론 노래를 사이트에 올리기는 하지만 우리가 직접 동영상을 업로드한 적은 한 번도 없어."

"……그렇군."

미아의 말을 요약하자면, 완전한 적진이라는 소리다.

다만 요즘은 미튜브를 보지 않는 사람이 더 드물 정도니까 밀스타의 팬도 당연히 볼 것이다.

그런 거라면 투표도 해줄 게 틀림없다.

하지만 결성부터 지금에 이르기까지 미튜브에서 활발하게 활동하는 트윈즈는 사이트 내에 소위 신자 수준의 팬을 잔뜩 거느리고 있다.

무언가 정보가 투고되면 바로 반응할 테고, 다들 반드시 트윈즈에 투표할 것이다.

그래도 저쪽이 압승할 만큼 밀리지는 않을 테지만—— 글쎄, 이길 수 있다고 단언하지도 못한다.

"호각이거나 우리가 살짝 밀리거나…… 지금 시점에선 그렇게 분석해."

"……그걸 알고 있다면 애초에 승부를 받아들이지 않는다거나 투표 방법을 바꿔달라고 할 수는 없는 거야?"

"아쉽게도 우리 사무소의 윗분이 적극적이거든. 아니, 저쪽 사무소에서 이상하게 도발해댄 모양이라…… 물러나고 싶어도 못하게 된 것 같아."

"의외로 다혈질이네…… 둘 다."

"얕보이면 일을 빼앗길 테니까. 투표법을 바꾸는 건 지금 교섭 중이고. ……하지만 뭐, 별로 기대는 못 해."

"왜?"

"투표 무대를 바꾸면 우리가 100% 이기기 때문이지. 뻔한 승부는 사람들의 마음을 움직일 수 없어……. 게다가 사무소의 윗분들은 미튜브에서도 우리가 압승할 거라고 생각하거든. 믿어주는 건 고맙지만 조금 더 똑바로 분석해줬으면 좋겠는데."

카논은 기가 막힌다는 듯 그렇게 말했다.

요컨대 판타지스타 예능 쪽에서도 적극적이라 불리한 승부를 받아들일 수밖에 없다는 모양이다.

이래서야 아군인지 적군인지 알 수 없다.

"뭐, 전부 스태프 잘못은 아니야. 우리도 진심으로 싫었다면 거절할 수도 있고……. 하지만 그렇게 하기에는 하도 분해서 강하게 거절하지 않는 것뿐이지."

"그게 제일 골치 아프다니까! 여기서 거절하면 평생 도망쳤단 소릴 들을 것 같고…… 부도칸 라이브를 앞두고 괜한 오명이 붙는 건 사양이야."

감정적인 문제라고 한다면 그뿐이다.

하지만 나조차 미아와 카논이 말하는 답답한 마음을 이해할 수 있다.

거절하면 그 시점에서 불쾌한 기억을 짊어지게 된다.

그렇다면 패배도 시야에 넣으면서 맞설 수밖에 없다.

"우리가 아무것도 잃지 않고 지금 상황을 극복하기 위해서는 미튜브에서 트윈즈의 인기를 넘어설 수밖에 없다는 거지."

"까다로운 요구잖아, 미아……."

미튜브에서 트윈즈의 인기를 넘어선다.

그건 지상파에서 밀스타보다 주목받는 사람이 되라는 소리에 가깝다.

"그럼…… 우리도 할래? 미튜브."

미아와 카논이 레이를 쳐다보았다.

"……그래. 그것밖에 없겠어."

"이대로 아무것도 안 하는 것보다는 낫지."

이어지는 카논의 추임새.

아직 투표 시기까지 시간이 있다.

확실히 지금부터 미튜브에서 활동하기 시작한다면 조금은 차이를 좁히기 쉬울지도 모른다.

하지 않는다는 선택지는 없어 보인다.

하지만 내 안에 한 가지 불안이 생겼다.

"미튜브에서 활동한다는 이야기는 이해했지만, 너네 시간은 괜찮아? 한동안 바쁘다고 하지 않았어?"

동영상을 투고하기 위해서는 우선 영상을 찍고 편집할 필요가 있다.

퀄리티를 신경 쓰지 않는다면 자투리 시간으로도 가능할지도 모르지만, 트윈즈보다 주목받는 걸 목표로 한다면 그 정도로는 부족할 것이다.

"그렇단 말이지……. 편집은 사무소 스태프에게 부탁하면 괜찮을 테지만, 애초에 녹화할 시간이…… 없나?"

"? 왜 그래? 카논."

"아니…… 지금 찍으면 되지 않아?"

카논의 말에 미아와 레이는 퍼뜩 깨달은 듯한 표정을 지었다.

"이렇게 집에 모여서 대화할 시간이 있으니까 이 집에 있는 동안 찍으면 되지 않아?"

"……확실히 그렇네. 우리가 그동안 했던 활동상 사생활에 포커스를 맞추는 걸 더 봐줄 것 같고, 그런 내용이라면 시간을 억지로 확보하지 않아도 돼."

"모닝 루틴이나 나이트 루틴이면 수요가 있지 않을까? 좀 창피하지만 수요가 있다면 해야지!"

미아와 카논의 대화 내용은 상당히 합리적인 느낌이다.

미성년자는 늦은 시간까지 일할 수 없다는 이유로 셋 다 늦어도 날짜가 바뀌기 전에는 집으로 돌아온다.

그 후에는 쉴 때가 많은데, 그 시간을 이용하자는 소리였다.

"아, 근데 이 집 촬영 NG라거나 그래?"

"NG인 건 아닌데, 내 물건 같은 건 안 비치도록 조심해. 틀림없이 이상한 녀석들이 꼬투리잡을 테니까."

"그건 우리가 조심할 테니까 괜찮아!"

"그럼 촬영해도 문제없어."

일단 아버지에게 확인할 생각이긴 하지만 아마 막지는 않을 것이다.

집 내부가 공개되어도 벌써 십수 년간 여기에 사람을 초대한 적이 없으니 내부 구조를 아는 사람은 거의 없다.

즉 특정될만한 요소가 한없이 적다는 뜻이다.

"좋아, 그럼 촬영 기기를 빌릴 수 없는지 내일 바로 사무소에 이야기해보겠어! 그리고 촬영이 시작되기 전에 각자 하나씩 기획 아이디어를 제출할 것!"

"어? 나도?"

"너도 동료니까 당연하잖아?"

"……알았어."

이렇게 방침은 정해졌다.

어째서인지 내 일거리도 늘어났지만…… 뭐, 세 사람에게 도움이 된다면 사소한 문제지.

미튜브에 동영상을 올리기로 정한 날, 심야.

트윈즈와의 대결을 생각하느라 잠자리를 설친 나는 별다른 계기도 없이 침대 위에서 눈을 떠버렸다.

시각은 아직 오전 2시 정도.

다시 잔다고 해도 이 괜히 술렁거리는 마음을 가라앉히지 않고서야 또 눈을 떠버릴 것 같은 예감이 든다.

"……물이라도 마실까."

나는 방에서 나와 거실로 향했다.

그러자 분명히 끄고 나온 불빛이 거실 쪽에서 새어 나오고 있다는 걸 알아차렸다.

"아…… 린타로."

"레이? 너 뭐 하는……."

거실 소파에는 어째서인지 레이가 앉아있었고, 그 앞에 있는 커다란 TV에는 트윈즈가 미튜브에 올린 영상이 나오는 중이었다.

동영상은 '쿠로메에게 핵매운 라면으로 푸드파이터를 시켜보았다'는 미튜브다운 내용으로, 땀을 뻘뻘 흘리며 라면을 먹는 모습이 재미있어서 시선을 확 잡아당겼다.

"나 미튜브는 전혀 본 적이 없었어."

영상으로 시선을 되돌린 레이는 그렇게 중얼거렸다.

"초콜릿 트윈즈도 거의 몰랐어. 그래서 조금이라도 그 사람들에 대해 알려고 여기서 보는 중."

"……아하."

이건 레이 나름의 연구였던 모양이다.

여태까지 그저 앞만 보고 달렸던 밀피유 스타즈.

그녀들의 시대에는 라이벌다운 라이벌도 없었고, 큰 장벽에 부딪히는 일도 없이 성장했다.

본인들은 어땠는지 모르지만, 적어도 내 눈에는 그렇게 비쳤다.

자기들을 적대하는 존재―― 말하자면 그런 미지의 상대에 레이는 대체 어떤 감정을 느꼈을까.

"……린타로도, 이 사람들을 매력적이라고 생각해?"

"어? 컥……!"

나도 모르게 사레들릴 뻔했다.

레이의 말에 화면을 봤더니 거기에는 가슴께가 크게 벌어진 옷을 입고 과시하는 시로나가 보였기 때문이다.

아무래도 '남성 뇌쇄 패션'이라는 걸 입어보는 기획인 모양이다.

"매, 매력적이냐고 해도……."

동요한 마음을 달래며 냉정한 눈으로 영상을 보았다.

미소녀 두 명이 시끌벅적 즐기면서 다양한 옷을 입어보는 내용.

시로나의 토크가 재미있고 쿠로메의 반응은 아주 신선하다.

여기에 노련한 편집이 더해져 영상의 매력을 한층 끌어올렸다.

보기만 해도 웃음이 나온다는 건 뭐, 이해한다.

"……즐거워하는 모습은 역시 매력적이지. 이런 활동을 즐길 수 있냐 없냐는 재능이라고 보거든."

좋아하니까 잘하게 된다는 말처럼, 결국 즐기면서 하는 사람을 이길 수 없다.

어떤 사정이 있든 이 녀석들은 전력으로 미튜브를 즐기고 있다.

그게 매력적으로 비치지 않을 리가 없다.

"내 생각도 그래. 그래서 아까 다 같이 이야기할 때, 조금 위화감이 있었어."

"위화감?"

"둘 다 미튜브를 해 보고 싶다는 느낌이 아니었으니까."

"……뭐, 그야 그렇겠지."

미튜브에 힘을 쏟고 싶으니까 더 일찍 시작하자는 이야기가 나왔을 뿐.

이번처럼 그럴 필요가 있으니까 시작하는── 그런 동기가 되는 것도 어쩔 수 없다.

"응……. 하지만 나는 다 함께 미튜브를 즐기고 싶어."

레이는 TV 화면으로 시선을 돌렸다.

"의무감으로 하면 아마 뭘 해도 트윈즈에게 못 이겨. 오히려 아예 묻혀버릴지도 몰라."

"설마 그렇게까진……."

아닐 거라고 말하고 싶지만, 완전히 부정하지도 못한다.

거듭 말하지만 밀스타의 인기는 차원이 다르다.

하지만 인기에 기대서 안이한 동상을 올려렸을 때 무작정 기뻐할 만큼 팬도 단순하지 않을 것이다.

"우리는 미튜브를 즐길 필요가 있어. 그러려면 먼저 미튜브를 알고 좋아하게 되어야지."

"그래서 연구를……."

테이블 위에는 노트가 펼쳐져 있고, 동영상에서 신경 쓰이는 부분 같은 걸 간단하게 메모해놓았다.

정말로 간단히 적는 바람에 뭘 써 놓은 건지 영 알 수 없었지만 그건 됐고.

이 스토익한 면모는 여전히 감탄이 나온다.

"하지만 너무 늦게까지 깨어 있는 건 안 좋아. 내일 어떻게 일어나려고…… 아니, 날짜는 이미 오늘인가."

"응, 그건 미안해. 조금만 더 보면 진짜 잘게."

"……."

이렇게 된 레이의 마음을 돌려놓는 건 어렵다.

어차피 무모하게 나갈 거라면 하다못해 조금이라도 부담을 덜어주는 게 내 역할이다.

"잠깐 기다려."

"어?"

나는 어리둥절한 레이를 두고 부엌으로 향했다.

재료가 모여있는 걸 확인한 뒤 작업대 위에 늘어놓았다.

우유, 코코아 파우더, 설탕, 그리고 마시멜로.

이 시점에서 마시멜로 코코아를 만든다는 건 알아차렸겠지.

겨울의 기척이 짙어진 요즘.

한밤중이면 기온이 많이 내려가서 자칫 감기에 걸릴 수 있다.

그런 때엔 몸을 따뜻하게 해주는 음료가 최고다.

"먼저 코코아 파우더를 녹이고……."

머그컵에 코코아 파우더와 약간의 물, 그리고 설탕 작은술을 넣었다.

요리를 하게 되면서 처음 알게 된 사실이지만, 사실 코코아 파우더와 인스턴트 코코아는 완전히 다르다.

먼저 코코아 파우더는 전혀 달지 않다.

오히려 쓴맛이 강하다. 소위 비터 초콜릿에 가까운 느낌.

그래서 이렇게 설탕을 추가하지 않으면 마시지 못하는 사람도 있다.

오히려 단맛이 싫은 사람은 설탕을 넣지 않고 마시는 걸 추천한다.

이 부분을 조절할 수 있다는 게 인스턴트에는 없는 매력이라 할 수 있다.

그후 나는 물에 녹인 코코아 파우더에 우유를 부었다.

덩어리가 생기지 않도록 골고루 섞어주면 코코아 자체는 거의 완성.

남은 건 이걸 전자레인지로 데운 뒤 마지막에 레이가 간식용으로 사 놓았던 마시멜로를 몇 개 띄우면——.

"옜다, 마시멜로 코코아. 몸이 따뜻해지고 당분도 보충할 수 있어."

"와……! 고마워."

나에게서 코코아를 받은 레이는 그대로 한 모금 마셨다.

"후우……. 따뜻하고, 달고, 마음이 놓여."

"그거 다행이네. 당분간 그대로 즐긴 뒤에 숟가락으로 마시멜로를 녹이면서 마셔. 마시멜로의 단맛이 퍼지면서 또 다른 느낌이 나거든."

"알았어."

잠시 코코아를 즐긴 뒤 레이는 숟가락으로 표면에 떠 있던 마시멜로를 천천히 가라앉혔다.

그러자 마시멜로가 서서히 녹으면서 작아졌다.

"마시멜로와 코코아가 어우러져서 아주 맛있어……. 고마워, 린타로."

"오히려 이 정도밖에 못해서 미안."

"아냐, 차고 넘쳐."

그렇게 말해주면 나도 고맙지.

카논이나 미아, 그리고 레이의 노력을 생각하면 내 서포트는 사소하다.

그래서 나는 안주하지 않고 방심하지 않겠다고 명심했다.

이 녀석의 노력이 헛수고가 되지 않도록 같이 싸운다는 의식을 갖는다.

뭐…… 정말로 그렇게 할 수 있는지는 제쳐놓고, 이건 그런 인식의 문제다.

"……조금은 눈을 붙여. 철야하면 피부에 안 좋아."

"응, 알았어. 나도 카논에게 혼나기 싫어."

"그건 그래."

레이가 이런 걸 한다는 걸 알면 아마 카논은 불같이 화낼 게 틀림없다.

이러는 사이에도 다음 순간 카논이 일어나서 나타날 가능성이 있다.

만에 하나라도 분노의 폭풍에 휘말리는 걸 피하기 위해 슬슬 여기를 벗어나는 게 좋을 것 같다.

"일찍 일어나야 하니까 난 자러 간다. 잘 자."

"응, 잘 자 린타로."

그런 인사를 끝으로 나는 거실을 뒤로했다.

평생 일하고 싶지 않은
내가, 같은 반
인기 아이돌의
눈에 들면

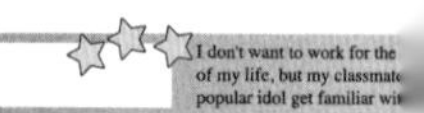
I don't want to work for the
of my life, but my classmate
popular idol get familiar wi

"좋아, 그럼 계속해서 미튜브 대책 회의를 시작하자고!"

다음 날 밤, 우리는 다시 거실에 모였다.

오늘은 전원 학교 말고 일정이 없는 날.

즉 어제보다 시간이 여유롭다.

참고로 밤을 새워버린 레이는 아니나 다를까 수업 중에 꾸벅꾸벅 졸았다.

상당히 피곤했을 텐데 엎드려 잠들어버리지 않는 걸 칭찬해줘야 하나.

본인은 제대로 반성한 모양이니 카논에게는 비밀로 해야겠다.

"카논, 결국 기기는 빌려준다고 해?"

"우선 OK는 받았어. 미튜브 촬영 자체는 본업에 지장이 가지 않는 정도라면 괜찮대. 아, 그리고 촬영한 영상은 일단 매니저의 확인을 거치라고 하더라."

"하긴 확인해줄 필요는 있겠지……. 결국 우리는 미튜브는 아마추어인 셈이니까 찍히면 안 되는 걸 의식하지 못할지도 모르잖아."

"기기는 내일 이 집에 배달해준다고 했어. 준비도 필요하고 본격적으로 찍기 시작하는 건 모레부터가 될 것 같아."

미아와 카논의 대화를 들은 나는 문득 든 의문을 입에 담았다.

"그러고 보면 너희 한 명 한 명 매니저가 붙어 있는 거야? 그런 이야기는 전혀 들어본 적이 없는데……."

"아니, 우리의 매니저는 한 명뿐이야. 물론 다른 사람이 도우미로 임시 투입되는 일은 있지만 기본적으로는 그 사람만으로도 충분하거든."

"아하, 유능하구나."

"우리의 실적도 있어서 그런지 사무소 쪽에서 상당히 우수한 사람을 붙여주었어. 조금 특이한 면모도 있지만…… 직장에서는 가장 믿는 사람이라고 해도 과언이 아니야."

미아가 그렇게 설명하자 레이와 카논도 동의하듯 고개를 끄덕였다.

개성적인 이 녀석들을 계속 보조하는 유능한 매니저라.

궁금하지 않다면 거짓말이다.

"후후, 안심해. 린타로."

"어? 뭐가."

"그 매니저는 여자야. 우리도 너 말고 다른 남자를 주변에 두는 건 거부감이 있거든."

놀리는 듯한 표정을 지으며 미아가 바싹 거리를 좁혔다.

"어라? 얼라리? 혹시 질투했어? 린타로도 참, 의외로 귀여운 구석이 있잖아!"

"사생활을 아는 남자는 린타로 뿐이야. 그러니까 안심해."

히죽거리는 카논, 그리고 어째서인지 진지한 표정으로 말하는 레이.

딱히 질투한 건 아닌데——.

……아니, 안 한 거 맞지?

"익! 에잇! 떨어져, 떨어져!"

팔로 세 사람을 밀어내며 거리를 벌렸다.

"어이쿠…… 아쉬워라. 더 놀리고 싶었는데."

"상관없는 걸 물어봐서 미안하게 됐네! 회의 계속해!"

이 이상 파고들었다간 들통난다.

우선 이 자리를 넘기기 위해 나는 회의를 재촉했다.

"수줍은 린타로는 일단 미뤄두고, 마저 회의하자."

카논 이거 봐라?

"기획, 뭘 할 거야?"

"글쎄……. 전에 얼핏 이야기했던, 모닝 루틴과 나이트 루틴은 찍을 수 있을 것 같아. 각자 하나씩 찍어도 세 명이니까 6개는 확보할 수 있어."

조금 얍삽한 느낌도 들지만, 바쁜 스케줄 속에서 비축분을 만들려면 그런 요령도 부려야겠지.

딱히 대충 해치우려고 이러는 건 아니니까.

"내 아이디어로는, 패션 체크 같은 건 어때? 자만일지도 모르지만 평상복이 궁금한 팬도 있을 거라고 봐."

"평상복이라…… 나쁘지 않네."

카논은 들고 있는 노트, 소위 메모장에 본인의 아이디어와 미아가 낸 아이디어를 적었다.

들어본 바로는 루틴 동영상, 패션 체크 동영상은 둘 다 수요가 있는 아이디어라고 본다.

TV나 라이브에서는 볼 수 없는 신선한 모습을 볼 수 있으니까.

열광적인 팬도 라이트한 팬도 관심을 끌 수 있을 게 틀림없다.

"레이는 어때? 무언가 생각난 거라도 있어?"

"나는, 푸드파이터를 해 보고 싶어."

"푸, 푸드파이터?"

미아의 눈이 놀란 나머지 휘둥그레졌다.

"린타로가 만들어준 밥을 같이 많이 먹는 거야. 린타로의 밥도 많이 먹을 수 있고 영상도 찍을 수 있으니까 일석이조."

"……설마해서 하는 말인데, 너 린타로의 요리를 많이 먹고 싶은 것뿐인 건 아니지?"

"…………아니야."

"그 의미심장한 침묵이 예스라는 뜻이잖아!"

천연덕스러운 태도로 시선을 돌리는 레이를 보고 나는 쓴웃음을 지었다.

하지만 푸드파이터는 괜찮은 착안점이 아닐까.

미튜브를 보다 보면 추천 영상으로 자주 뜨는 느낌이다.

반드시 조회수가 늘어난다고 단언하진 못하지만, 가능성이 크다는 건 틀림없다.

"뭐…… 나쁘진 않지. 푸드파이터 기획. 우리가 상상보다 더 많이 먹으면 팬을 놀래킬 수 있을지도 몰라."

"음, 그건 재미있겠어."

재미있겠다――.

미아의 그 말을 들은 레이의 얼굴이 풀어졌다.

밤에 말했던 대로 레이가 가장 중시하는 건 즐길 수 있는지.

카논과 미아가 같은 마음이 되어줄지 걱정이었지만, 아무래도 그럴 필요도 없었던 모양이다.

"하지만 뭘 많이 먹으면 분위기가 좋을까? 튀김 같은 건 환상이 깨졌다고 할 가능성도 있지 않아?"

"그래, 팬들에게 괜히 걱정 끼치게 될지도 몰라. 주로 건강 측면에서."

미아와 카논의 말은 맞는 말이다.

나는 이 녀석들의 위가 얼마나 강한지 아니까 그걸 봐도 전혀 놀라지 않는다.

하지만 평소 식생활을 모르는 사람들은 어떨까.

'음, 십중팔구 기겁하지.'

나는 부엌을 힐끗 쳐다보며 쓰게 웃었다.

우리 집 냉장고는 일반적인 가정용과 비교하면 상당히 크다.

그런 특대 냉장고 안에 지금도 재료가 꽉꽉 들어있다.

다만 지금 있는 재료조차 기껏해야 일주일 치 정도.

저만한 양을 일주일 만에 다 먹어 치우는 모습은 아무리 그래도 이미지와 너무 동떨어진다.

아마도 사무소 NG가 떨어질 거다.

"디저트라면 더 많이 먹을 수 있을지도."

"아니, 네가 먹고 싶은 거 말고……. 뭐 튀김 같은 것보다는 낫나?"

많이 먹을 수 있는 디저트라.

다만 이 녀석들은 푸딩이나 아이스크림처럼 가벼운 건 거의 무한으로 먹는다.

언젠가 만족한다고 해도 만드는 쪽의 노력이 흉악하고 재료도 부족하다.

그렇다면 묵직해서 배도 든든해지는 게 이상적인데.

"카논, 아무리 푸드파이터 기획이라고 이름이 붙어도 저칼로리인 게 더 좋지?"

"어? 응, 그래. 확실히 그게 더 고맙지."

"음……."

든든하고, 칼로리는 낮고, 화면발도 잘 받는 디저트.

슬프지만 지금 있는 레퍼토리 내에서는 그 조건을 충족하는 요리가 떠오르지 않는다.

몇 가지 조건에 가까운 건 있어도 전부 충족하는 건 제법 어렵다.

하지만 여기서 못한다고 하는 건 내 자존심이 용납하지 않았다.

"……조금 시간을 줄래?"

나는 세 사람에게 그렇게 물었다.

"레이의 푸드파이터 기획에 적절한 디저트를 내가 반드시 찾아내서 만들어줄게. 그러니 이 기획은 나에게 맡겨줘."

아직 아무것도 짐작 가는 건 없다.

하지만 어째서인지 내 안에 막연한 자신감이 있었다.

"……나는 린타로에게 맡길래. 많이 먹을 거면 역시 린타로가 만든 게 좋아."

"응, 린타로가 하겠다고 한다면 나도 맡겨야 한다고 봐. 너는 믿을 수 있는 사람이니까."

"나도 이견 없음. 너라면 할 수 있겠지."
——생각보다 압박감이 추가되었잖아.
하지만 기분은 전혀 싫지 않다.
찾아주마. 최고의 푸드파이터용 디저트.
"그럼 푸드파이터 기획은 레이와 린타로에게 맡기고…… 루틴 동영상은 나와 카논이 주축이 되어서 돌릴까?"
"그래. 하지만 그…… 좀 말하기 그런데."
"알아. 카논이 아침에 약한 거 말이지?"
"윽……."
아침에 극단적으로 약한 카논.
진심으로 모닝 루틴을 촬영하려고 한다면 그건 치명적인 약점이다.
하지만 다른 두 사람의 루틴을 촬영하니 카논의 영상도 필수가 된다.
혼자만 빠진다면 카논이 최애인 사람은 슬퍼할 테고, 의심이 많은 사람은 무언가가 있는 게 아니냐며 파헤치려고 한다.
골치 아픈 문제가 생길 게 틀림없다.
"……하지만 뭐, 각색을 추가하면 어떻게든 될걸? 실제로 루틴 영상을 올리는 사람도 평소 행동을 재연하듯 촬영할 뿐 진짜 실제 상황으로 찍는 건 아닐 테니까."
"나도 그렇게 하면 된다고 보는데……."
그렇다. 미아의 말대로 실제 상황으로 촬영할 필요는 없다.
그건 어디까지나 아침 활동을 보여주는 것뿐, 실제로는 일어나서 조금 시간이 지난 뒤에 찍는다.

적어도 한 번 일어나서 카메라를 준비하는 시간은 필요할 것이다.

그렇지 않으면 침대에서 일어나는 순간을 촬영할 수 없다.

개중에는 정말로 자기 전부터 일어날 때까지 카메라를 계속 돌리는 사람도 있을지도 모르지만, 지극히 소수일 테지.

"……안 돼. 내 아침은 팬에게는 보여줄 수 없어."

하지만 카논은 분하다는 듯 부정하는 말을 입에 담았다.

"여태까지 루틴 영상을 올린 사람들은 일어난 뒤에 업로드용으로 다시 찍을 뿐, 행동 자체에 거짓말은 없을 거야. 하지만 내 아침을 보여줄 수 있을 만큼 각색하려면 하나부터 열까지 꾸며내야만 해……. 그건 팬들에게 실례잖아."

"……."

이렇게까지 자신을 몰아세우는 사람에게 일반인의 터프함밖에 없는 나는 아무런 말도 해 줄 수 없었다.

아침에 약하다는 건 카논에게는 약점인 모양이다.

애초에 이런 부분을 남들에게 보여준다는 게 그녀에게는 견디기 힘든 일이겠지.

"미안, 내가 시작해놓고 면목이 없지만 모닝 루틴은 역시 취소할래. 대신 다른 기획을 가져올 테니까."

"……하고 싶지 않다는 것까지 억지로 시키는 취미는 아무에게도 없어. 그런 말 하지 말고 같이 생각하자. 우리가 해 보고 싶은 걸 꼽아보면 되는 거니까."

"응, 그래! 고마워, 미아."
카논의 얼굴에 웃음이 돌아왔다.
이렇게 서로 힘이 되어주면서 여기까지 왔구나.
새삼스럽게 이 팀워크에 감탄이 나왔다.
"레이, 또 하고 싶은 건 없어? 꽤 열심히 조사했던 것 같은데, 푸드파이터 말고도 있지 않아?"
그렇게 말하며 미아가 나를 힐끗 쳐다보았다.
설마 이 녀석, 밤중에 레이가 미튜브를 봤던 걸 눈치챈 건가.
의미심장한 시선을 던지는 걸 보면 그냥 그게 맞는 것 같다.
참고로 카논은 무슨 이야기인지 전혀 이해하지 못한 듯 어리둥절한 얼굴이었다.
우선 보이지 않는 곳에서 가슴을 쓸어내렸다.
"1만엔 기획도, 재밌어 보여. 눈가리개하고 우리 노래에 맞춰서 춤추기도……. 깜짝 카메라도 해 보고 싶어."
"오오, 다 재미있어 보이네. 다 해 볼까?"
카논의 메모장에 각각의 의견이 쌓여간다.
상상했던 것보다 많은 기획이 나왔다.
이 정도면 적어도 투표까지 동영상 소재가 부족하진 않을 것이다.
"그럼 기기가 도착하는 대로 '미튜브 시작합니다!'라는 제목을 붙여서 하나 찍자!"
그런 카논의 외침을 끝으로 오늘의 회의는 마무리되었다.
회의에 열중한 결과 이래저래 밤이 늦어지고 말았다.

오늘은 이만 잘 준비를 시작할 때다.

"자 그럼…… 목욕 어떻게 할래? 평소처럼 너희부터 해도 되는데."

"고마워. 그럼 빨리 끝내——."

그렇게 말하며 소파에서 일어나려는 카논의 팔을 미아가 붙잡았다.

"잠깐만 기다려 봐."

"……뭔데?"

"우리 요즘 린타로를 너무 부려 먹는다고 생각하지 않아?"

갑자기 무슨 소릴 하는 거냐.

"린타로도 고생하고 있을 게 틀림없어."

"아니, 딱히 고생이라고 할 정도는——."

"하는 거 맞지? 고생."

"……네."

미아의 눈이 말하고 있다.

여기서 고개를 끄덕이지 않으면 레이의 밤샘을 도와준 걸 카논에게 말해버릴 거라고.

무슨 소릴 하려는 건지는 알 수 없지만, 일단 동의할 수밖에 없었다.

"그래. 역시 우리는 린타로를 고생시키고 있어. 나는 그게 무척 면목이 없더라고."

"왜 그래? 갑자기……. 확실히 린타로에게 너무 의지한다는 자각은 있지만."

"린타로에게 미안한 만큼, 우리 때문에 쌓인 피로는 우리가 풀어줘야 하지 않을까?"

"으, 으응?"

뭐지. 이미 무시무시하게 불길한 예감이 든다.

레이가 좋은 생각이 났다고 할 때와 미아가 친절하게 굴려고 할 때는 대체로 난감한 일이 일어난다.

그게 이 녀석들과 교류하면서 내가 배운 법칙이다.

"그런 관계로, 우리가 린타로의 등을 밀어주자."

"싫어……!"

"어라, 괜찮겠어? 안 피곤해?"

"으윽."

미아는 히죽히죽 웃으며 내 얼굴을 들여다보았다.

설마 레이를 도와줬던 걸 인질로 잡아버릴 줄이야.

아니, 그런 건 레이 본인을 협박할 때 쓰란 말이다.

이런다고 거역하지 못하게 된 나도 나지만――.

"자, 두 사람은 어떻게 할래?"

"……나는 할래. 린타로의 등, 밀고 싶어."

"그렇게 나와야지. 카논은?"

그 질문에 카논의 어깨가 흠칫 튀어 올랐다.

"아, 아무리 생각해도 파렴치한 짓이잖아! 그거! NG! 완벽하게 NG야!"

"아, 당연히 알몸은 아니야. 우리는 수영복을 입고."

나도 수영복 입어도 되는 거지?

그런 거라면 그나마 나은데.

“수영복이라니…… 미아 너……!”

“딱히 우리 말고 아무도 없으니까 이 집안에서는 자유롭게 풀어져도 괜찮지 않아? 계속 체면을 차릴 의미는 없다고.”

“체면을 차린다니, 딱히 그런 의미로 한 소리가——.”

“그럼 나와 레이 둘만 가지 뭐. 카논은 거기서 기다려.”

“으그극……!”

미소녀가 ‘으그극……’이라고 말하는 건 처음 봤다.

이 시점에서 카논도 미아의 손바닥 위.

지금 여기 있는 사람 중 순수한 말재간으로 미아를 상대할 수 있는 사람은 없다.

애초에 내 등을 밀어주는 거에 대단한 가치는 없을 텐데.

“……알았어! 하면 되잖아! 이대로 물러나면 여자가 아니지!”

“그렇게 말할 줄 알았어.”

“자 린타로! 빨리 욕실에 가자!”

발끈한 카논이 손목을 붙잡았다.

이것도 옆에서 본다면 전부 그냥 포상으로 보이겠지.

나에게는 고문이라고 할 수 있다.

“그럼 린타로. 너는 먼저 들어가서 옷을 갈아입어. 그다음은 전부 우리에게 맡기면 돼.”

“……앞은 안 된다.”

“자자, 어서 들어가!”

“무시하지 말라고!”

미아에게 등을 떠밀려 탈의실에 갇히고 말았다.
나는 한숨을 쉬며 방에서 가져온 수영복으로 갈아입었다.
이건 카키하라네와 수영장에 가게 되었을 때 산 수영복이다.
그날은 그날대로 고생이었다.
뭐, 최종적으로 니카이도와 카키하라가 맺어진 덕분에 좋은 추억이 되었지만.
그런 추억도 오늘로 덧씌워질 예감이 든다.
'왜 저 녀석들은 욕실에 난입하고 싶어 하는 건지…….'
그야말로 레이와 미아는 몇 번 나와 같이 욕실을 사용했다.
이렇게 들으면 너무 굉장한 이미지가 스쳐 지나가지만, 실제로 그렇고 그런 일이 일어난 건 아니다.
다소 접촉 사고는 있었어도── 음, 떠올리지 말자.
평소 자각은 없지만 어쩌면 미아의 눈에는 내가 피곤해하는 것처럼 보인 건지도 모른다.
목욕은 몸을 청결하게 해주는 것 말고도 피로회복 효과도 기대할 수 있다.
매일 반드시 욕조에 몸을 담그는 미아이니 그 회복 효과에 확고한 신뢰가 있는 모양이지.
그렇게 생각하면 자꾸 목욕 이야기를 꺼내는 이유도 이해가 간다.
물론 놀리고 싶은 마음도 포함되어 있을 거다. ……8할 정도.
"준비 다 됐어?"
"그래, 다 갈아입었어."

미아의 확인에 대답하자 탈의실의 문이 열렸다.
"억……."
그리고 내 시야에 나타난 건 몸에 목욕수건을 두르기만 했을 뿐인 세 사람의 치명적인 모습.
너무 선정적이라서 나는 무심코 시선을 돌릴 뻔했다.
"아, 괜찮아. 속에 제대로 수영복 입었으니까."
그렇게 말하며 미아가 수건을 벌리자 그곳에는 말했던 대로 수영복이 있었다.
확실히 전에 바다에서 입었던 수영복이다.
"당연할지도 모르지만, 여름이 끝났으니 새 수영복을 사지 않았거든. 하지만 그러면 신선함이 없잖아? 그래서 이렇게 수건으로 전부 가리면 색다른 흥분을 안겨줄 수 있을 것 같았지."
"흥분이라고 하지 마……!"
훤히 드러난 허벅지와 불룩한 가슴께.
그런 걸 당당하게 보여주는 미아에게 흥분하지 않는다고 하면 거짓말이다.
게다가 그녀와 동등한 매력을 지닌 소녀가 여기에 두 명이나 있다.
여기까지 오면 역시 포상이 아니다.
"린타로! 구석구석 깨끗하게 씻겨줄 테니까 각오하라고!"
"왜 넌 당당해진 거냐……."
조금 전에 부끄러워하던 건 어디 간 건데.
"잘 생각해 보니 너한테 항상 고맙다고 마음을 전하는 데 이보다 더 좋은 건 없는 것 같더라고. 자, 그 천하의 미소녀 아이돌인 내가 등을 밀어준다니 확실하게 최상급 사례잖아? 솔직하게 기뻐해도 돼."

"……그래."

자기긍정감이 높은 게 원수가 된 건가…….

미아만큼 굴곡은 없지만 제대로 완성된 곡선을 지닌 카논.

여성의 몸매에 특별한 취향이 없는 나는 미아도 카논도 고스란히 꽂혔다.

"……린타로."

"왜, 왜 불러."

"이거, 꼴려?"

"컥──."

레이가 갑자기 앞으로 몸을 숙여서 가슴을 강조했다.

선명하게 보이는 계곡과 수건 끄트머리에서 살짝 보이는 수영복.

안 꼴릴 리가 없다.

하지만 레이가 자발적으로 이런 걸 하지 않는 사람이라는 걸 나는 잘 안다.

아마 꼴린다가 무슨 뜻인지도 모르겠지.

이런 걸 부추기는 인간은 이 자리에 한 명밖에 없었다.

"미아……. 매번 말하는 것 같지만 레이에게 이상한 거 가르치지 마."

"아하하……. 사실 이건 파괴력이 너무 강해서 나도 가르친 걸 후회해.”
뭘 후회하는 건지는 알 수 없지만 제발 반성해주라. 진짜.
“……자 그럼, 바로 씻으러 갈까. 준비는 다 됐어? 린타로.”
“하아……. 이젠 안 도망쳐. 단숨에 끝내줘.”
“시원시원하네. 가자.”
도망치면 도망치는 대로 분명 오늘 일로 내내 놀림당할 테지.
지금은 욕실 구석이라도 바라보면서 시간이 지나가는 걸 기다리자.
이 집의 욕실은 집 자체가 크다 보니 상당히 넓다.
혼자 들어가면 조금 허전함을 느낄 정도에다 욕조도 고급 호텔을 방불케 할 만큼 크다.
어린 시절에 살던 때는 잘 몰랐지만, 월풀 기능이 달려있다는 것도 놀라운 부분이다.
세워진 지 20년 정도 된 건물이면서도 지금도 모든 설비가 문제없이 돌아간다.
그 시점에서 건축할 때 얼마나 좋은 걸 사용한 건지 쉽게 이해할 수 있었다.
“샤워기 틀게.”
미아가 샤워기의 수도꼭지를 비틀었다.
샤워기가 뜨거운 물로 바뀌는 걸 기다리는 동안 욕실에는 침묵이 퍼졌다.
잠시 간격이 뜨자 냉정해져서 다들 부끄러움을 느끼는 모양이지.

당연히 나도 아주 민망해져서 아무와도 눈을 마주치지 못하고 있다.

"……물 뿌릴게. 뜨거우면 말해."

"어, 어어."

등에 물이 쏟아진다.

온도는 딱 적절하니 뜨겁다는 느낌도 없었다.

"딱 맞네. 기분 좋아."

"그, 그래. 다행이야."

미아의 목소리가 상기되었다.

왜 시작한 네가 쑥스러워하는 거냐고 캐묻고 싶었지만, 그랬다가는 나도 한층 의식해버릴 것 같아서 그만뒀다.

"린타로, 머리부터 씻는 파였지?"

"용케 기억하네……."

샴푸로 손을 뻗은 레이를 보며 무심코 중얼거렸다.

"그, 그럼! 나는 린타로의 머리카락을 적셔줄게! 미아, 샤워기 이리 줘."

"……뭐, 좋아. 여기선 양보해줄게."

샤워기가 카논의 손으로 넘어갔다.

등으로 떨어지던 온수가 천천히 머리로 이동했다.

머리카락과 머리카락 사이로 물이 흘러간다.

그리고 두피까지 충분히 젖도록 카논의 손이 머리를 긁었다.

"어때? 머리카락이 당겨서 아프거나 하진 않아?"

"어…… 기분 좋아."

"진짜?"

"진짜. 이런 걸로 빈말은 안 해."

"그, 그래! 그럼 됐고……."

실제로 정말 기분 좋았다.

머리카락을 손가락으로 빗기는 것뿐인데 점점 더 기분이 좋아진다.

내가 만져봤자 별로 좋지 않은데 남이 해 주는 것만으로도 왜 이렇게까지 감각이 다른 걸까.

"카논, 슬슬 샴푸."

"쳇…… 어쩔 수 없지."

아쉽다는 듯 카논이 물러나자 대신 레이가 내 뒤에 섰다.

계속 신경 쓰지 않으려고 했지만, 세 사람 모두 위치가 유난히 가까운 느낌이다.

욕실 의자에 앉아서 등을 보이고 있는 이 상황.

직접 시야에 들어오지 않고 세 사람의 기척만 느끼는 이 상황이기 때문에 유독 가슴이 크게 뛴다.

"린타로, 갈게."

"어, 어어……."

샴푸를 묻힌 레이의 손이 내 머리카락을 문질렀다.

두피를 주무르듯 씻어줄 때마다 기분 좋은 쾌감이 몸을 관통했다.

레이가 머리를 감겨주는 건 처음이 아니지만, 여기에 익숙해질 일은 없을 것 같다.

"기분 좋아?"

"어……."

"……!"

머릿속이 녹아버려 대답하는 목소리도 살짝 새어 나오는 듯한 느낌이 되고 말았다.

그걸 조금 부끄러워한 것도 잠시, 잇달아 밀려드는 쾌락이 새롭게 고개를 들었던 그 생각마저 흐물흐물 녹여버렸다.

"저기…… 지금 목소리, 어째 섹시하지 않았어?"

"응……. 조금 두근거렸어."

뒤에서 카논과 미아가 무언가 대화하는 것 같았지만 지금의 나는 그 문장을 이해할 여력조차 남아있지 않았다.

"좋아, 그럼 다음은 몸을 씻자."

그렇게 말하며 미아가 샤워타월을 들었다.

"누가 어디를 맡을 거야?"

"어디냐니……."

세 사람의 시선이 나에게 모이는 걸 느꼈다.

이대로는 위험하다.

머릿속으로는 그렇게 이해하고 있는데도 이 상황을 극복할 수 있을 만큼 이성이 돌아가지 않는다.

솔직히 말해 너무 졸렸다.

지금 침대에 누우면 아마 바로 의식이 완전히 날아갈 것이다.

이렇게 견디는 시간조차 점점 힘들어질 정도였다.

'왜 이렇게 졸린 거지……?'

할로윈 라이브 날에 잠들어버렸던 건 라이브를 뛰면서 몸이 피곤해졌기 때문이겠지.

하지만 오늘은 왜?

그냥 학교에 갔다가 돌아온 것뿐이다.

평소의 나였다면 날짜가 바뀐 뒤에 졸음을 느낀다.

집안일을 마치고 학교 수업의 예습 · 복습을 마친 뒤에야 졸리기 시작한다.

그게 왜 이러지.

아직 날짜가 바뀌려면 한참 여유가 있는 이 시각에 이렇게 강렬한 졸음이 밀려온다는 건 별로 경험한 적이 없다.

'하지만——.'

여기서 잠들어버리는 건 아무래도 위험하다.

또 세 사람에게 폐를 끼친다.

나는 샤워기의 물을 얼굴에 뿌려서 조금이라도 눈을 뜨려고 했다.

……별로 효과는 없었지만.

"저기, 이거……."

"……우리 예상이 맞았네. 이대로 계속하자."

지금 이건 또 카논하고 미아인가?

아까부터 졸려서 인식하는 게 늦다.

귀에 들리기는 해도 그 내용을 기억하지 못한다.

"린타로, 몸 씻을게."

"어…… 앞은 내가 할 거야."

"안 돼. 오늘은 전부 우리가 해."
"어……? 어, 그래……."
그래, '안 되는' 거라면 어쩔 수 없지.
나는 저항하는 걸 포기하고 전부 맡기기로 했다.
아니, 이미 그것 말고 다른 선택을 할 수가 없다.
"……막상 마음대로 할 수 있게 되니까 반대로 불편해지네."
"그래……. 뭔가 나쁜 짓을 하는 기분."
"하지만 씻기는 게 낫겠지……. 그, 앞도…… 아마."
"여기까지 내놓고 좀 그렇지만, 아이돌로서 괜찮은 거야? 그거."
잘 알 수 없지만 몸을 씻길 수 없어서 난감한 모양이다.
그럼 내가 할 수밖에 없지.
"어? 린타로?"
나는 미아에게서 샤워타월을 슥 빼앗아 내 몸을 문질렀다.
어라? 왜 내가 목욕하는 중인데 세 사람이 있는 거지?
――뭐 됐어.
엄청 졸린 걸 보면 아마 이건 꿈이겠지.
그런 게 아니라면 같이 욕실에 있을 리가 없으니까.
"린타로, 혼자 씻기 시작했어……. 조금 아쉬워."
"어쩔 수 없지. 우리에게 이 단계는 아직 일렀던 모양이니까 오히려 다행이야."
"어…… 변태 삼인조가 될 뻔했어."
"그 말은 안 했으면 했는데, 카논."
세 사람의 잘 이해할 수 없는 대화를 들으며 나는 혼탁한 머리로 몸을 계속 씻어나갔다.

"린타로, 물기 닦자."

"어……."

레이의 목소리가 들렸다. 아무래도 목욕은 이제 끝난 모양이다.

욕실에서 나온 내 몸을 세 사람이 닦아주고 있다.

고맙다. 어쩐지 높으신 분이라도 된 것 같은 기분이다.

"자, 린타로. 먼저 양치질을 할까."

"양치?"

"그…… 그래, 양치질."

왜 미아는 얼굴이 빨개진 걸까.

잘 알 수 없었지만 우선 양치하면 되는 모양이다.

"평소 이미지와 너무 달라서 파괴력이 대단하네……. 잠에 취한 린타로."

"아까는 섹시했지만, 지금은 앳된 느낌……."

"곤란하네, 소년성애 같은 건 없었는데."

"나도 그렇거든……."

미아와 카논의 목소리를 배경으로 치카치카 이를 닦았다.

양치를 했더니 몸이 이제 잠잘 시간이라고 인식해서 졸음을 주체할 수 없다.

일어나있는 게 힘든 수준이다.

"린타로, 양치 다 했으면 린타로 방에 가자."

"아라써……."

입을 헹궈서 양치를 마친 나는 레이가 말한 대로 내 방으로 향했다.

휘청휘청 계단을 올라가 2층 복도로.

그때 몸을 부축해준 세 사람에게 고맙다고 인사하며 나는 내 방 침대에 쓰러졌다.

"린타로, 이젠 거의 안 들릴 테지만 지금부터 너를 마사지할 거야. 졸리면 그대로 자도 돼. 무리하지 않아도 괜찮으니까."

"마사지……? 미아가……?"

글렀다. 더는 의식을 유지할 수 없다.

세 사람이 다리와 등을 주무르는 듯한 느낌이 든다.

하지만 그 감각을 즐길 수 있을 만한 여유는 이미 남아 있지 않았다.

"……잠들었어?"

"응, 잠들었어."

등 마사지를 담당하던 미아가 그렇게 대답했다.

나는 두 사람과 함께 린타로 위에서 내려와 상태를 살피기로 했다.

린타로의 방에는 그의 숨소리만 울렸다.

"……이 소리를 녹음해서 머리맡에 놓고 틀면 같이 자는 기분을 맛볼 수 있겠는데."

"무슨 헛소리…… 레이, 멈춰."

카논에게 제지당한 나는 마지못해 스마트폰을 거두었다.

아쉬워라. 린타로의 잠자는 숨소리 갖고 싶었는데.

"그나저나 갑자기 린타로를 케어하자고 했을 때는 놀랐어."

카논이 미아에게 말했다.

나도 그 말에 동의하며 고개를 끄덕였다.

회의가 시작하기 전.

린타로가 돌아오는 걸 기다리던 우리에게 미아가 말했다.

린타로의 몸이 걱정된다고.

나도 얼마 전부터 린타로를 걱정했다.

이전 집에서 한 번 낮잠 자는 걸 본 적이 있지만, 그때는 제대로 소파에서 잠들었다.

그런데 얼마 전에는 테이블에 엎드린 채로 잠들었다.

깜빡 잠들었다는 건 마찬가지인 건지도 모른다.

하지만 이러니저러니 해도 딱 부러진 린타로가 그런 곳에서 잠들었다는 사실에 나는 위화감을 느꼈다.

"두 사람 다 어느 정도는 눈치챘었겠지만, 우리와 이전보다 더 거리가 가까워지면서 린타로에게 실리는 부담이 확 늘어났어. 그동안은 레이만 맡으면 되는 거였지만 나와 카논까지 돌봐주는 셈이니까."

"단순 계산으로 3배니까…… 그야 그렇겠지."

"하품하는 횟수가 늘어났고, 그날 잠들었던 건 본인도 예상치 못했던 일이었던 것 같았으니까."

"하품 횟수라니……. 넌 린타로의 어딜 보는 거야?"

"전부야, 전부. 나는 린타로의 첫 번째가 되는 걸 목표로 잡았으니까 당연하지."

"징그러워!"

카논의 태클이 미아에게 꽂혔다.

다만 린타로가 옆에서 자고 있기 때문인지 목소리의 크기는 작게 눌러놨다.

"그러니까 우리가 책임지고 케어하려고 했는데…… 이렇게 잠든 얼굴을 보니 하기 잘한 것 같네."

우리는 린타로에게 시선을 던졌다.

그곳에는 평온하게 잠든 얼굴이 있었다.

평소 조금 어른스러운 분위기와 다르게 어딘가 앳된, 어린아이 같은 얼굴.

보기만 해도 따뜻한 기분이 든다.

"……우선 나가자. 계속 구경하고 싶은 마음은 알지만, 자는 걸 방해하면 미안하잖아."

"응, 알았어."

카논을 따라 다 함께 방에서 나왔다.

그리고 한 번 거실로 돌아와 소파에 앉았다.

"그래서…… 이제부터 어떡할래?"

"린타로 말이야?"

"이대로는 언젠가 몸이 상할걸. 우리는 덕분에 아주 편하게 지내고 있지만, 그 녀석이 쓰러지면 본말전도잖아."
카논의 걱정은 타당하고, 나도 같은 생각이다.
본래대로라면 린타로와 거리를 두는 게 정답인 건지도 모른다.
하지만 그걸 생각하기만 해도 가슴속 깊은 곳이 꽉 조여든다.
린타로와 떨어지기 싫다.
하지만 린타로를 힘들게 하고 싶지도 않다.
어떻게 해야 좋은지도 알지 못하는 내가 너무 무력해 보였다.
"……린타로하고, 제대로 상담하자."
나는 두 사람에게 그렇게 말했다.
이대로 우리끼리 결론을 내려봤자 린타로는 분명 받아들이지 않을 것이다.
텐구지 일을 겪으면서 모두가 모여서 생각하는 게 얼마나 중요한지 이해했다.
모두. 즉 린타로의 의견도 제대로 들어야 한다.
"그래. 우리끼리 결론을 내릴 일이 아니지."
"우리도 그 녀석에게서 떨어지고 싶은 게 아니니까. 다 함께 해결할 방법을 생각하는 게 좋겠어."
미아와 카논의 대답에 나는 고개를 끄덕였다.
생각하자. 린타로를 지키기 위해.

평생 일하고 싶지 않은
내가, 같은 반
인기 아이돌의
눈에 들면

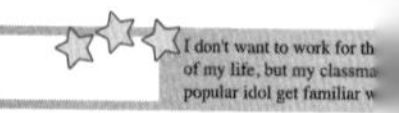
I don't want to work for th
of my life, but my classma
popular idol get familiar w

"응……?"

눈을 뜨자 그곳은 내 방이었다.

창문을 가린 커튼 틈새로 빛이 흘러들어오고 있다.

"……아침?"

상황을 이해한 나는 바로 머리맡의 스마트폰을 집었다.

시각을 확인하고 경악했다.

"미쳤……?"

오전 9시.

평소 기상 시간에서 3시간 넘게 늦었다.

완전히 대지각이다.

'――아니, 오늘은 쉬는 날인가.'

요일까지 확인하고 나는 안도했다.

오늘은 토요일, 휴일이다.

가끔 토요일 등교도 있지만 오늘은 없다.

다만 학교는 쉬어도 평소 하는 일은 있다.

'망했네……. 아니, 애초에 어제 어떻게 잠들었더라.'

미아가 등을 밀겠다는 소리를 했고, 다른 두 사람도 거기에 동참해서…….

머리를 감은 뒤에 어떻게 되었더라?

나는 과연 내 발로 여기까지 걸어왔나?

"……."

문득 내 바지 속을 들여다보았다.

아니, 설마. 그럴 리가. 말도 안 된다.

무언가 사고가 일어났을지도 모른다니, 그런 걸 생각할 필요도 없을 것이다.

그 녀석들을 뭐라고 생각하는 거야.

설마 짐승으로 보는 거냐?

아무리 그래도 그건 그 녀석들에게 실례지.

게다가 나 같은 걸 덮칠 가치가 있을 것 같지도 않고.

다만…… 미아가 막무가내로 밀어붙였던 게 자꾸 머리를 스쳤다.

무언가 꿍꿍이가 있었던 게 아닌지 의심하게 된다.

'——확인할까?'

그런 생각이 떠오른 순간, 나는 바로 기각했다.

확인하지 않으면 존재하지 않는 것과 마찬가지.

이 의혹은 무덤까지 가져가자.

지금은 그보다 해야 하는 일이 있다.

나는 바로 방에서 뛰쳐나와 거실로 향했다.

"미안해! 늦잠 잤어!"

거실로 뛰어 들어간 나는 입을 열자마자 사과를 외쳤다.

"아, 좋은 아침. 린타로."

"어…… 유키오?"

거기에 있는 건 그 세 사람이 아니라 여기 있을 리가 없는 유키오였다.

아침에 눈을 뜬 게 평소 같지 않았던 것도 있어서 한층 머리가 혼란스러웠다.

"어…… 여기 내 집 맞나?"

"맞아. 아, 꿈도 아니야."

그 말에 내 뺨을 꼬집으려던 손을 멈췄다.

그런 짓을 하지 않아도 꿈이 아니라는 것쯤은 이미 안다.

하나씩 확인하자.

"그…… 유키오는 왜 이 집에 있는 건데?"

"오토사키가 불렀어. 린타로가 자고 있으니까 아침에 돌봐달라고."

"돌봐……?"

내가 물음표를 띄우고 있었더니 유키오는 편의점 봉투를 보여주었다.

안에는 샌드위치와 뜨거운 물을 부어서 만드는 인스턴트 수프가 들어 있었다.

"간단한 것뿐이지만 아침 사 왔어. 조금 시간은 늦었지만…… 같이 먹자."

확실히 배가 상당히 고프다.

점심을 먹은 뒤로 반나절 넘게 지났으니 배가 고픈 것도 당연하다.

"고마워. 나중에 돈 낼게."

"아, 괜찮아. 이미 그 애들에게 받았거든."

"……지극정성이구만."

이 용의주도함.

주모자는 미아일 것이다. 어제 그것도 전부 계획의 일부였을 가능성이 있다.

목적이 무엇인가── 아마도 나를 쉬게 해 주자, 그런 거겠지.

이상한 배려라고 말해주고 싶지만, 이렇게 늘어지게 잠들어버린 지금에 와서는 그냥 고맙다는 말밖에 할 수 없다.

생각해 보면 최근 계속 묘하게 졸렸던 것 같다.

지금은 이미 그것도 사라졌지만…….

"그래서…… 그 세 사람은?"

"미튜브 촬영용 도구를 사러 간다고 했어."

"아, 그렇구나."

그래, 오늘은 그 녀석들도 쉬는 날이었나.

"고맙다, 이래저래 신경 써 줘서."

"신경 쓰지 않아도 돼. 나도 좋아서 하는 일이니까."

시원스럽게 웃는 유키오를 보며 나는 마음속으로 한 번 더 고맙다고 인사했다.

동시에 내 한심함을 책망했다.

생활을 서포트하겠다고 나선 주제에 이 모양이라니…….

그 녀석들은 일에만 집중하게 해주고 싶은데 상당히 수고를 끼치고 말았다.

이래서는 처음 의도와 많이 어긋났다.

"……린타로는 참 대단해."

"어?"

갑자기 유키오의 입에서 나온 말을 이해하지 못하고 나는 무심코 되물었다.

"자기가 하겠다고 정한 일에 제대로 책임감을 느끼잖아. 그거 사실은 대단한 거야."

"별로 대단한 건 아니잖아."

한번 하겠다고 말한 이상 마음대로 관두는 건 내 자존심이 용납하지 않는다.

"그걸 당연하다고 생각하는 것도 대단해. 나는 너처럼 사는 건 힘들어. 아침엔 자고 싶고, 밤엔 일찍 자고 싶은걸."

"그건 나도 마찬가지인데……."

"하지만 너는 참을 수 있잖아? 다른 사람을 위해 내 시간을 아낌없이 사용하는 자세……. 그건 아주 다정한 사람이 아니면 불가능해."

다정하다는 말에 나는 고개를 갸웃거렸다.

딱히 다정하게 굴려는 건 아닌데——.

"아하하, 린타로는 의외로 둔감하구나."

"……그러냐? 아니, 남을 위해 시간을 쓴다면 너도 날 위해 이렇게 와 줬잖아."

"내 고생과 네 고생을 똑같이 묶으면 안 돼. 누구든 하루 정도는 힘낼 수 있지만 매일 계속하라고 하면 힘들다고."

그렇게 말하며 유키오는 웃었다.

유키오가 지금 사는 집은 고등학교 입학과 동시에 이사한 곳이

기도 해서 지금 있는 내 본가와는 상당히 거리가 있다.

그 거리를 매일 다니라고 한다면 불가능하진 않아도 귀찮을 건 틀림없다.

"너는 지금 크게 고생하는 거야. 내가 걱정하는 건 네가 그걸 눈치채지 못하고 피로를 쌓아놓은 게 아니냐는 점이지. ……아니나 다를까 적중한 모양이지만."

"……미안."

"비난하는 게 아니야. 하지만 린타로는 조금 더 다른 사람에게 의지해야 한다고 봐. 나도 괜찮고, 그 세 사람도 있고."

그 세 명에게 의지한다.

그런 건 생각해 본 적도 없었다.

물론 경제적인 부분에서는 완전히 의존하고 있지만, 내가 맡은 일 내용으로 그 녀석들을 의지한 적은 한 번도 없다.

그러면 약속했던 내용과 달라지니까.

"나는 그 녀석들의 일을 도와줄 수 없어……. 그래서 내 일도 그 녀석들에게 도와달라고 하면 안 된다고 생각했는데."

"바보구나, 너. 그래서 네가 움직이지 못하게 되면 본말전도인 걸. 그 세 사람의 힘이 되어주고 싶은 거잖아?"

"윽."

너무나 맞는 말이다.

"나였다면 그런 식으로 선을 긋고 생활하는 건 좀 서운해. 결국 사무적인 관계도 아니게 되었는데, 한 가족처럼 생활해보는 건 어때?"

"……가족이라."

나는 아마 '평범'한 가족의 온기를 모른다.

집에 어머니밖에 없었던 때는 이 장소가 따뜻하다고 생각한 적이 없고, 아버지는 애초에 집에 돌아오질 않았다.

지금은 아버지와 관계가 개선되었지만, 그때 일까지 전부 용서했냐고 묻는다면 그렇지 않다.

용서는 못 하지만 끝난 일로 받아들였다.

'그러고 보면…… 이 집에는 그 사람도 있었지.'

그 사람── 나를 두고 나간 어머니를 멍하니 떠올렸다.

이전에는 떠올릴 때마다 식은땀을 흘렸는데 지금은 그게 없다.

내 안에서 그 사람이 트라우마에서 그냥 기억이 되었다는 걸 이해했다.

생각해 보면 그 사람도 집안일을 꽤 열심히 했었던 것 같다.

집이 넓어서 도우미를 부르기도 했지만, 청소도 했고 빨래도 하고 요리도 삼시 세끼 만들었다.

날 돌보는 것만큼은 제대로 해주었다.

그렇기에 그 사람이 나갔을 때 큰 충격을 받았다.

지금이니까 생각한다.

집을 나가버릴 만큼 나를 돌보는 게 싫었다면 대충 했어도 괜찮았는데…….

하지만 그 사람이 더 누군가를 의지할 수 있는 사람이었다면 괜히 자신을 몰아세우는 일도 없었지 않았을까.

'뭐, 그렇다고 해도 용서할 마음은 없지만…….'

부모의 의무를 방기했으니 나뿐만이 아니라 용서하면 안 되는 존재라는 건 안다.

그래도 결별을 회피할 방법이 있었던 게 아니냐는 소리다.

……내가 벼랑에 몰렸다는 자각은 없다.

오히려 잘 처신하고 있다고 생각했는데, 옆에서 보면 그렇지 않았던 모양이다.

나는 평범한 남자 고등학생.

원래 할 수 있는 일에는 한계가 있다.

"……고마워, 유키오. 그 녀석들이 돌아오면 조금 상의해볼게."

"응, 그렇게 해."

"넌 여전히 뭐든 다 꿰뚫어 보는구나."

"뭐든 다라고 단언하진 못하지만, 누구보다 널 잘 보고 있다는 자각은 있어."

"그, 그러냐……."

도저히 농담으로 들리지 않는 분위기에 나는 살짝 두려움을 느꼈다.

늦은 아침을 먹은 뒤 유키오는 돌아갔다.

돌아갈 때, 무리하지 않는다는 약속을 거듭 요구하는 통에 일일이 고개를 끄덕여야 했지만, 역시 이렇게 조언해주는 존재가 있다는 것만으로도 고맙다.

유키오에게는 나중에 또 보답을 생각해놓자.

하루하루 고마움이 너무 많이 쌓였다.
“다녀왔어. 린타로? 일어나 있어?”
그로부터 얼마 후, 현관에서 카논의 목소리가 들렸다.
아무래도 셋 다 돌아온 모양이다.
거실에 있던 나는 마중하기 위해 현관으로 향했다.
“어, 깼어. 어서 와.”
“……응, 안색이 좋네. 어제는 무척 잘 잔 모양이야.”
“덕분에. 평소의 피로가 날아갔어.”
그 말대로 몸 상태가 아주 좋다.
원래 어디 아프다고 할 수준까진 아니었지만, 계속 머리에 안개가 낀 것 같은 느낌은 있었다.
그게 지금은 깨끗하게 사라졌다.
이렇게 실감하니 잠이 사람에게 얼마나 중요한 건지 알 수 있었따.
“그리고…… 유키오를 불러줘서 고맙다.”
“……무슨 이야기 했어?”
“내 생활 태도에 대해서 이것저것.”
레이의 질문에 나는 그렇게 대답했다.
이 이야기는 나중에 꼭 할 생각이다.
지금은 우선 세 사람의 무거워 보이는 짐을 내려주고 싶다.
“큰 짐은 내가 들게.”
“그래? 고마워.”
카논이 들고 있던, 다양한 게 잡다하게 들어있는 봉투를 받았다.

그 순간 팔이 살짝 삐걱거릴 정도의 부하가 걸렸다.

"으억……?!"

"무거워?"

카논이 고개를 갸웃거리고 있다.

진짜 이 무게가 아무렇지도 않다는 얼굴이다.

나 이 녀석들과 팔씨름했을 때 이길 수 있을까……?

시도하진 말자. 재기불능이 될 가능성이 있으니까.

"뭘 이렇게 산 거야……?"

짐을 옮기며 세 사람에게 물었다.

"미튜버가 영상에서 자주 사용하는 거나, 재미있는 과자……눈에 들어온 걸 닥치는 대로 샀더니 짐이 커졌더라고."

"그것만으로 이렇게까지 채운 거냐……."

봉투 안을 잘 보면 확실히 미튜브에서 자주 보는 도구들이 들어있었다.

대표적인 걸 꼽으라면 콜라와 츄잉캔디 조합.

이 츄잉캔디를 콜라에 넣어서 화학반응으로 액체가 분출되는 걸 즐긴다.

미튜브 기획으로 보면 제법 대중적인 인상이다.

"처음엔 뭐든 형식부터 잡고 가는 법이니까. 나중에 이걸 준비할 걸 그랬다고 후회하지 않도록 전부 담았어."

"……아하."

그렇다고 해도 너무 많이 산 것 같지만, 이쯤 되면 괜한 지적이다.

열의가 넘치는 건 좋은 일이니까.

우선 거실로 이동한 뒤 세 사람은 테이블 주변에 지금 사온 것들을 늘어놓기 시작했다.

"슬라임을 갖고 노는 영상도 있었는데, 실제로 재미있으려나……?"

카논이 녹색 슬라임이 들어있는 장난감을 집어 들고 말했다.

"린타로. 남자 의견을 물어보고 싶은데, 이런 거 역시 궁금해?"

"뭐…… 이 나이가 되어도 조금 두근두근하지."

"흐응? 귀여운 구석도 있잖아?"

"재수 없어……!"

카논만이 아니라 전원이 히죽거리는 표정을 지으며 쳐다보는 바람에 나는 못마땅한 척하며 도망쳤다.

확실히 내 생각에도 어린애 같긴 하지만, 생각해 보라고.

어린 시절 콜라나 슬라임을 한 번도 동경한 적이 없었나?

놀아보면 생각보다 별거 아니라는 건 안다.

하지만 그런 건 실제로 해 보지 않으면 이해하지 못한다.

그러니까 직접 해볼 때까지는 계속 동경의 대상이다.

――나는 대체 어디에 이렇게 뜨거워진 거지?

"우리가 슬라임으로 치덕치덕해지면 다들 봐줄까?"

"치덕치덕 놀이, 재밌겠다."

장난감을 바라보며 미아와 레이가 말했다.

슬라임으로 치덕치덕 끈적끈적해진 세 사람의 모습은 분명 수요가 높을 것이다.

주로 변태들 사이에서.

"이 바보들이! 그런 걸 내가 허락할 리 없잖아!"

"노, 농담이야 카논. 민감한 영상은 NG였지?"

"나 참…… 똑똑히 명심해. 지금부터 그런 방향으로 팔려고 하면 여태까지 따라와 준 팬이 떠나갈지도 모르니까."

"알아. 이런 건 굳이 따지라면 트윈즈의 전매특허일 테지. 지금부터 해서 제칠 수 있다면 시도할 가치도 있겠지만 우리에게는 위험부담이 커."

"내 말이."

밀스타가 아슬아슬한 고수위 노선으로 나간다면 일시적으로 화제는 될 것이다.

하지만 거기서부터는 어마어마한 양의 팬이 이탈해버리겠지.

특히 밀스타는 상당히 대중적으로 인기인 그룹이라 여성 팬도 많다.

개중에는 그런 컨텐츠를 싫어하는 사람도 있다.

화제가 될수록 그런 사람들이 떠나갈 것이다.

그 점에서 눈앞의 성과만 보고 달려들지 않는 점이 당당히 인기를 얻는 비결인 건지도 모른다.

"트윈즈를 이길 수 있는 기획, 뭔데?"

"어려운 질문이잖아……. 뭐, 지금은 우선 우리가 정한 기획을 진행해볼 수밖에 없다고 봐. 우선은 우리가 노하우를 터득해야지."

"응, 알았어."

레이와 카논의 대화를 들으며 나는 다시금 도구들을 바라보았다.

"……그런데 이 안에 지금 나온 기획에 써먹을 만한 물건이 있냐?"

"""""……."""""

그래, 없단 말이지.

"이거 어쩔 건데."

"쓰, 쓸 거야! 아깝잖아."

"그런 거면 됐고……."

딱히 내 돈을 쓴 것도 아니고, 본인이 번 돈 정도는 자유롭게 쓸 수 있다고 보지만 이만한 짐을 남겨두는 건 일단 걸리적거린다.

이 집도 넓다고는 하지만 공간은 한정적.

물건이 많으면 어지럽혀놓은 것처럼 보이고, 불필요한 물건은 최대한 남겨두고 싶지 않다.

"과자는 먹으면 그만이지만…… 아, 근데 너희는 이런 건 별로 안 먹잖아."

이 녀석들이 스낵 과자나 불량식품 종류를 먹는 걸 여태까지 한 번도 본 적이 없다.

아마 칼로리를 신경 쓰는 거겠지.

건강에 좋은 음식은 아니니까.

"응, 난 린타로의 밥을 먹지 못하게 되니까 안 먹는 것뿐."

"뭐 나도 최근엔 레이와 같은 이유야."
"과자로 채울 위가 있다면 그만큼 네 요리로 채우는 게 낫지."
뭐야, 기쁜 소릴 다 해주고.
……라면서 마음속으로는 가까스로 장난스럽게 넘길 수 있었지만, 현실에서는 기쁨과 쑥스러움이 뒤섞여서 입을 뻐끔거리는 게 고작이었다.
"……말은 그렇게 했지만, 이렇게 많으면 어떻게든 해야지."
카논의 말에 미아가 아이디어를 냈다.
"사무소 사람이나 학교에서 나눠주는 건 어때?"
"오히려 그거 말고는 떠오르는 게 없어. ……반성해야겠네."
제대로 반성하는 모양이니, 이 이상은 나도 뭐라고 하지 말아야지.
"바로 촬영할 거야?"
"아니, 좀 쉰 다음에 찍을 생각이었어."
"그래……. 그럼 쉬면서 좀 내 말 들어줄 수 있어?"
"?"
이야기는 최대한 빨리하는 게 낫다.
그렇게 판단한 나는 세 사람의 얼굴을 한 번씩 쳐다보았다.
그리고 조금 전 유키오와 대화하고 깨달은 바를 천천히 이야기했다.
"먼저…… 세 사람 다, 신경 쓰게 해서 미안. 내가 피로가 쌓여 있다는 걸 눈치채고 있었구나."
"뭐, 그렇지. 명백하게 수면시간이 줄어든 것 같았고 하품도 늘어났으니까."

"진짜 잘 보고 있다니까."

쓰게 웃은 나는 그대로 말을 이었다.

"컨디션에 지장이 나오기 전에 쉬게 해줘서 정말 고마워. 내가 그렇게 약하다고 생각하진 않지만, 괜찮다는 보장도 없으니까."

나도 이 녀석들도 결국 인간은 어차피 인간.

아무리 괜찮다고 주장해봤자 고장 날 때는 한순간이다.

그런데다 이 녀석들은 내가 고장 날 위험을 낮춰주었다.

고마움이 끝이 없다.

"우리도 그 일로 대화가 필요하다고 생각했어. ……대놓고 물어볼게. 우리가 너에게 부담이 되진 않아?"

말을 꺼낸 카논도 다른 두 사람의 얼굴도 어딘가 긴장한 느낌이다.

그야 그렇겠지.

자기가 상대에게 방해되는 존재인지 물어보는 거니까.

나도 내 존재의의를 이 녀석들에게 물어보는 건 내키지 않는다.

그렇기에 나는 즉답해야만 한다.

"부담 아니야. 이 생활을 제안한 건 나고, 이 생활을 그만두지 않는 것도 나야. 너희가 책임을 느낄 필요는 없어."

"……진짜?"

"맹세할게."

"……그럼, 다행이고."

레이의 얼굴이 안도하는 표정으로 바뀌었다.

그걸 본 나는 다시 나를 혼냈다.

여자를 불안하게 만드는 남자라니, 나에게는 쓰레기다.

그런 쓰레기에서 빨리 벗어나야지.

“내가 한심하다는 건 익히 알아. 그렇지만, 너희에게 부탁하고 싶은 게 있어.”

“……그건 뭔데?”

미아가 조심스럽게 물었다.

“조금만 너희를 의지하고 싶어.”

내 대답을 들은 세 사람이 전부 어리둥절한 표정을 지었다.

“아까 유키오가 그러더라. 가족처럼 생활해보는 건 어떻냐고. 솔직히 나는 가족이 뭔지 잘 몰라. ……다만 서로 힘이 되어준다는 건 알아.”

그냥 같이 산다고 가족이 될 수 있는 건 아니다.

서로 마음이 통해야 비로소 가족이라고 부를 수 있다.

그게 내가 생각하는 가족의 ‘이상적인 형태’다.

“여유가 있을 때만이라도 괜찮아. 언젠가 내가 스트레스 없이 전부 해낼 수 있게 될 때까지 조금만 집안일을 도와줘.”

“응, 알았어.”

“뭐 좋아.”

“물론 기꺼이 도와줄게.”

“그렇게 쉽게!”

꽤 크게 결심하고 한 말이었는데.

“오히려 도와줘도 괜찮다면 빨리 말해주지. 이 집은 네 거니까 괜히 손을 대지 않는 게 낫나 했단 말이야."
"나도 그렇게 생각했어. 린타로에게는 집안일을 할 때 정해진 방식이 있고, 그걸 방해받고 싶지 않은 것 같다고."
카논과 미아의 말에 나는 멍하니 입을 벌렸다.
"지금의 우리는 확실히 네게 극도로 의지하는 생활을 보내고 있지. 특히 네가 만들어주는 식사에는 의존한다고 말해도 될 정도야."
"그건 과언이고……."
"아니, 부족할 정도야. 하지만 린타로. 레이는 그렇다 쳐도 나나 카논은 이전 맨션에서도 거의 네 힘을 빌리지 않고 생활했었잖아?"
그건 그래.
적어도 이 두 사람은 빨래나 청소 같은 집안일을 직접 했었다.
레이에게는 좀 말이 심했지만, 딱히 집안일을 아예 못하는 건 아니다.
실제로 본가에 초대했을 때는 직접 만든 요리를 대접해주었다.
"너보다 집안일을 잘할 자신은 없지만, 설거지나 쓰레기 배출 정도는 할 수 있어."
"나도 내가 먼저 하는 건 어렵지만, 부탁하면 할 수 있을 거야."
──나는 지금까지 세 사람을 어떻게 생각했던 걸까.
딱히 아이돌 활동 말고는 아무것도 못 하는 녀석들이라고 생각한 적은 없다.
하지만 나는 틀림없이 이 녀석들과 나를 떼어놓고 생각했다.

세 사람은 아이돌 활동에 전념한다.

그리고 나는 집안일을 전담한다.

안과 밖. 각자 활동 영역이 거기에 있다고 생각했다.

즉, 집안일도 혼자 하지 못한다면 나는 필요 없다고 생각했던 거다.

"……가족처럼 산단 말이지, 이나바도 재미있는 말을 하네. 무척 재미있을 것 같아."

"우리 집은 그렇지 않아도 동생들이 많은데 너희까지 가족으로 치면 한층 대가족이 되겠네……. 확실히 재밌긴 하겠지만."

미아와 카논은 서로를 쳐다보며 웃었다.

"린타로. 우리는 이미 충분히 편해. 일에 집중할 수 있어. 그러니까 조금만 더, 린타로가 편해지는 방법을 생각해도 큰일 안 나."

"……그러냐. 아니, 그래."

레이가 그렇게 말해준다면── 이 녀석들이 그렇게 말해준다면 나는 아마 그 말에 기대도 괜찮은 거다.

내가 이 녀석들의 기댈 곳이 되고 싶다고 생각하는 것처럼, 이 녀석들도 내가 기댈 곳이 되고 싶다고 생각하는 거니까.

그게 지금 분명히 전해졌다.

"알았어. 앞으로는 너희를 더 의지할게."

"응……."

이 녀석들과의 관계가 한층 강해진 걸 느낀다.

아니, 정확하게는 강해졌다는 걸 드디어 자각할 수 있었다는 느낌인가.

"이러니저러니 해도 계속 이 네 명이 같이 지낸다면 인생이 지루하지 않을 것 같단 말이지."

미아가 우리의 얼굴을 보며 말했다.

계속 네 명이 같이.

이 편안한 공간이 평생 계속된다면 확실히 그건 바라 마지않는 일이다.

하지만 분명 다들 알고 있다.

네 명의 공동생활은 결코 오래 계속되지 않으리라는 걸.

"……내가 할 말은 끝. 이제부터 미튜브 촬영하려는 타이밍에 미안하다."

"아니야, 우리도 린타로에게 부담을 주는 문제로 대화하려고 생각했었으니까 오히려 마침 잘 됐지."

미아가 고개를 저었다.

"계속 걱정 끼쳤었구나."

"후후, 그건 서로 마찬가지지."

이 세 사람은 틀림없이 내 지금을 바꾸어준 은인이다.

앞으로 남은 인생에서도 이 녀석들에게 느낀 고마움을 잊어서는 안 된다.

나는 몇 번이고 그것을 가슴에 새겼다.

"촬영에 방해되지 않도록 위로 피난 갈 테니까 무슨 일 있으면 불러."

나는 세 사람에게 그렇게 말한 뒤 방에 틀어박히기로 했다.

몸도 마음도 아주 개운하다.

그도 그럴 것이, 푹 잤고 하고 싶은 말도 전부 했으니 건강해지지 않을 리가 없다.

다만 이럴 때야말로 조심해야 한다.

대체로 내 마음이 후련해지면 안 좋은 일이 일어난다.

"응……?"

방으로 돌아오자마자 마치 노렸다는 듯 스마트폰이 진동했다.

아무래도 메시지가 도착한 모양이다.

"……아 좀."

보낸 사람의 이름은 초콜릿 트윈즈의 시로나, 즉 코즈카 시로나였다.

맹렬하게 나쁜 예감이 밀어닥치는 걸 느끼며 메시지를 열었다.

『오빠, 나랑 데이트하자.』

"……."

나는 현실도피를 하기 위해 한 번 스마트폰에서 눈을 뗐다.

거절── 그래, 거절하자.

니카이도나 텐구지 때와 다르게 딱히 약점을 잡힌 건 아니다.

제대로 거절해야 한다. 이 녀석과 깊게 엮이는 건 정신건강에 좋지 않다.

『데이트해주면 미튜브에서 주목받는 노하우를 가르쳐줄게.』

"윽……."

밀스타가 미튜브로 싸우려고 한다는 것도 저쪽은 다 꿰뚫어 본 건가.

어쩌지. 사정이 많이 변했다.

미튜브에서 주목받는 비결. 이걸 싸움을 걸어온 본인들에게 물어보는 건 밀스타에겐 불가능하다.

대신 내가 그 정보를 입수할 수 있다면 분명 플러스가 된다.

'애초에…… 여기서 나한테 접촉하는 이유가 뭐지?'

적을 도와주는 셈이 된다고 해도 나를 불러내는 이유가 뭘까.

솔직히 전혀 예상할 수 없다.

하지만 짐작 가는 게 없으니까 달려들어야 하는 게 아닐까.

정체를 알 수 없는 상태로 내버려 두는 게 제일 소름 돋는다.

"……가 주마, 그래."

슬슬 이 얕잡아보는 느낌도 짜증이 난다.

태세를 전환한 나는 바로 메시지를 돌려주었다.

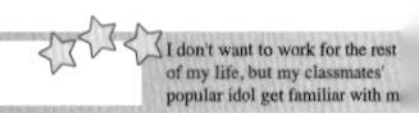
I don't want to work for the rest
of my life, but my classmates'
popular idol get familiar with m

다음 날인 일요일.

오늘은 휴일인데도 연예인에게는 별 상관이 없는 모양이다.

밀스타 세 사람은 잡지 취재, 화보 촬영 등의 일정으로 집을 비웠다.

그 녀석들에게는 미안하지만 마침 잘 됐다.

외출용 옷으로 갈아입은 나는 창문이 잘 닫혀있는지 확인한 뒤 집을 나섰다.

목적지는 시로나가 지정한 약속 장소.

전철을 타고 잠시.

나는 약속 장소인 시부야역에 도착했다.

'……사람 장난 아니네.'

역 주변에서 기다리는 동안 나는 그런 유치원생도 할 수 있을 법한 감상을 떠올렸다.

평소에도 시부야역은 사람이 많다는 인상이지만 일요일이기까지 해서 인구밀도도 상당히 높아졌다.

신주쿠, 시부야, 이케부쿠로…… 애초에 그런 역에서 내릴 일이 별로 없는 나에게는 솔직히 이 인파가 적응되지 않았다.

근본적으로, 아무튼 걸어 다니기 불편한 걸 싫어한다.

내가 원하는 속도로 걷지 못하면 스트레스가 쌓인다.

그렇다 보니 이런 식으로 누가 불러내지 않으면 자발적으로 여기에 오는 일이 거의 없다.

그래서 익숙해지지 않는다는 악순환이 발생하지만—— 뭐, 지금 그 이야기는 중요하지 않고.

"아이고야, 많이 기다리게 했나 보네. 미안."

멍하니 인파를 바라보고 있던 나에게 들어본 적 있는 목소리가 날아왔다.

그쪽을 돌아보자 할로윈 라이브 때와 똑같은 모습을 한, 시로나인 듯한 여자가 서 있었다.

"일단 확인하는 건데, 시로나 맞지?"

"에이, 그렇게 형식 차리지 말고. 모처럼 이렇게 데이트하는 거잖아? 친근하게 시로라고 불러줘."

"……시로나 맞구나."

"아주 깍쟁이구나, 오빠."

깍쟁이라니, 요즘 고등학생이 쓰는 어휘가 아니잖냐.

——그런 생각을 하고 있었더니 시로나가 슥 거리를 좁혔다.

그러고는 내 귓가에 얼굴을 가져가 입을 열었다.

"시부야의 젊은 층에서 우리를 모르는 사람은 거의 없어. 그러니까 시로나라고 부르면 들킬 가능성이 커지거든……. 애칭으로 불러주지 않을래?"

"……."

순간 일부러 들키는 것도 고려했다.

그러면 스캔들이 터지면서 트윈즈에 상당히 큰 타격을 줄 수 있다.

나는 일반인이니 큰 위험은 없다.

실행하는 건 지극히 간단하다.

하지만――.

'……그렇게 이겨봤자 그 녀석들은 기뻐하지 않겠지.'

원래 할 마음도 없었지만 나는 다시금 그 생각을 부정했다.

그 녀석들이라면 정정당당하게 싸워서 지는 것보다 부정을 저질러서 이기는 걸 더 싫어할 것이다.

나는 작게 한숨을 쉬고 시로나에게 시선을 던졌다.

"시로. ……됐어?"

"엇! 그렇게 불러주니까 좋네. 그럼 나도 앞으로는 린타로 씨라고 불러도 돼?"

"……마음대로 해."

"고마워, 린타로 씨."

그렇게 말하며 시로나가 팔에 달라붙었다.

"뭐, 뭐야?!"

"자자, 빨리 가자."

"잠깐만……! 애초에 오늘 뭘 할 건지도 못 들었거든!"

"아, 맞다 그랬지. 그러고 보면 아무것도 안 알려줬구나."

시로나는 깔깔 웃은 뒤 스마트폰을 들이밀었다.

거기에는 맛있어 보이는 팬케이크 사진이 떠 있었다.

"린타로 씨, 카페 탐방하자."

처음 끌려간 곳은 쨍한 색상의 장식이 눈을 자극하는 요란한 카페였다.

“여기 팬케이크가 유명하다더라. 계속 먹어보고 싶었어.”

“그러냐……?”

밖에 놓인 간판에는 휘핑크림을 한가득 올려놓은 팬케이크 사진이 붙어 있었다.

이걸 시킨다고 해도 과연 다 먹을 수 있을까.

딱히 나도 같은 걸 먹을 필요는 없을 테지만, 애초에 이 녀석이 혼자 다 먹을 수 있을지 걱정이었다.

실제로 본 적은 없지만 SNS에 올릴 사진만 찍고 요리를 남기는 놈들도 있다고 하고.

이 녀석이 그런 부류의 인간이라면 그때는 가차 없이 화내야지.

“린타로 씨는 뭐 먹을래?”

“나는…….”

“여기요! 스페셜 팬케이크 두 개!”

“야, 대답 안 했어.”

자리에 앉자마자 시로나는 가까이 있는 점원에게 주문해버렸다.

나는 아직 메뉴도 못 봤는데.

“뭐 어때. 여기에 와서 팬케이크도 안 먹고 돌아가는 건 내가 용서 못 해.”

“용서하냐 안 하냐의 문제가 아니잖아…….”

“에이. 하지만 린타로 씨는 절대 자기 입으로는 팬케이크 안 시킬 거잖아?”

"……."

정곡이다.

"속는 셈 치고 여기 팬케이크를 먹어봐. 분명 후회하지 않을 거야!"

"너도 처음 오는 거잖아."

"오, 예리한 태클. 더 또랑또랑하게 치고 들어왔다면 70점은 줬을 텐데."

그래도 70점이냐.

아니, 그런 건 중요한 게 아니고.

"억양으로 어림짐작해서 미안한데…… 너 칸사이 사람이야?"

"맞아. 교토에서 태어났고 교토에서 자랐지. 도쿄에는 고등학교 입학하면서 왔고 지금은 2년차."

"흐응, 여기에 가고 싶은 학교라도 있었어?"

"아니, 딱히?"

나는 순수한 의문에 고개를 갸웃거렸다.

"나와 쿠로메는 중학생 때부터 영상을 올렸는데, 금방 인기를 끌었거든. 바로 지금 사무소에서 스카우트가 들어왔고 마침 본사가 도쿄에 있으니까 겸사겸사 도쿄의 고등학교에 다니기로 한 거야. 뭐, 나도 쿠로메도 끝내주는 미소녀니까? 사무소가 노린 것도 당연하지."

"……."

"……일단 태클 걸 타이밍이었는데?"

"뭐? 딱히 헛소리하는 것도 아니었잖아."

태클을 걸 만한 구석이 없지 않았나.

이 녀석과 그 쿠로메라는 여자가 밀스타와 맞먹을 만한 미소녀라는 건 사실이고.

내가 볼 때는 부정할 생각도 들지 않는다.

"……그래, 그런 점으로 그 애들을 농락한 거구나. 대단한 남자야."

"뭔 소리야?"

"자각이 없는 것도 얄밉네…… 뭐, 이건 됐고."

뭔가 동요한 것 같았지만 시로나는 바로 표정을 되돌렸다.

"그럼 즉 스카우트가 와서 도쿄에 왔다는 거지?"

"맞아."

"……다른 한 명 이야기가 나와서 말인데, 굳이 나를 불러내지 않아도 그 녀석을 같이 데려오면 되는 거 아니었어? 왜 나한테 연락한 거야?"

"린타로 씨는 둔감하구나. 이유는 간단해. 내가 린타로 씨와 데이트하고 싶어서 불렀어. 그게 다야."

"……."

보통은 기뻐할 만한 대답이다.

요즘 잘 나가는 초콜릿 트윈즈의 멤버에게서 데이트 신청.

내가 트윈즈의 팬이었다면 분명 다음 생에서도 잊지 못할 추억이 되었을 테지.

다만 배부른 소리이긴 해도 그런 건 이미 그 녀석들과 하는 공동생활로 자리가 꽉 찼다.

"……오, 아무래도 팬케이크가 온 것 같아."

시로나가 보는 곳으로 시선을 돌리자 저쪽에서 우리가 시킨 스페셜 팬케이크를 가져오는 점원의 모습이 보였다.

쟁반에 팬케이크를 올린 점원은 우리 테이블 옆에 멈춰서 각자 앞에 접시를 내려놓았다.

"스페셜 팬케이크 나왔습니다. 메이플 시럽, 초콜릿 소스, 캐러멜 소스가 있으니 입맛에 맞춰서 소스를 뿌려주세요."

점원의 설명대로 넓적한 접시에는 팬케이크 말고도 세 개의 소스가 딸려 나왔다.

이만큼 휘핑크림이 올라갔는데 또 단맛을 추가할 수 있다는 건가.

단맛을 크게 즐기지 않는 나는 보기만 해도 속이 메슥거리는 기분이다.

"아, 사진 찍어야지."

그렇게 말하며 시로나는 다시 스마트폰을 꺼내 사진을 찍었다.

"편집은 나중에 하고…… 우선 먹자. 시간이 지나서 크림이 무너지기라도 하면 안 돼."

착실하게 손을 모으는 시로나를 보고 나도 손을 모아 인사를 마쳤다.

그리고 다시금 팬케이크로 시선을 던졌는데…….

"……진짜 흉악한 양인데."

휘핑크림이 마치 산맥 같다.

팬케이크 자체도 두툼한데다 지름도 크다.

너무 생각할 일이 아니라는 건 알지만, 칼로리만 놓고 본다면 기름이 둥둥 떠 있는 라멘과 별 차이가 없어 보인다.

"린타로 씨는 단 거 싫어해?"

"뭐…… 딱히 좋아하는 건 아니지."

"에고. 미안하네……. 하지만 여기 크림은 보기보다 달지 않다던데?"

이게 달지 않을 리가 없잖아—— 그렇게 생각하며 나는 팬케이크를 잘라 입으로 가져가 보았다.

폭신한 팬케이크와 진한 크림이 입 안에서 어우러진다.

그 순간 나는 충격을 받았다.

"……맛있네."

크림은 확실히 무지막지 달다.

달지만, 묵직함이 없다고 해야 하나. 의외로 산뜻하다고 해야 하나.

솔직히 얼마든지 먹을 수 있을 것 같은 느낌이 든다.

"그렇지? 그럼 나도 먹어야지."

시로나가 팬케이크를 입으로 가져갔다.

그러자 그녀의 얼굴에 미소가 확 번졌다.

"맛있어~! 역시 유행은 믿어야 한다니까."

"……좋아해? 단거."

"응? 아니, 남들과 비슷할걸. 애초에 단 걸 싫어하는 여자는 없어."

확실히 그런 편견은 있다.

"그리고 기본적으로 귀여운 걸 싫어하는 여자도 없지. 이 팬케이크는 딱 여자의 이상이 담긴 보석함이야."

"그러냐……."

주위를 둘러보자 가게 안에 있는 건 대부분 여자다.

남자도 어느 정도 있지만 다들 나처럼 일행에 여자가 있다.

겉으로 보기에도 여기는 남자끼리만 들어가기에는 주눅이 들고 말이지.

'여자의 이상이라……. 그나저나 이거 어떻게 만드는 거지?'

나는 다시 크림을 듬뿍 올린 팬케이크를 입으로 가져갔다.

역시 확실한 단맛이 느껴지지만 그게 입 안에 계속 남아있지 않는다.

한마디로 표현한다면, 아주 고급스럽다.

지금 시로나의 이야기가 사실이라면 아마 그 녀석들도 이 팬케이크를 앞에 두면 흥분하겠지.

만약 이걸 집에서 만들 수 있다면 그 기획에도――.

"……샘나네, 린타로 씨. 나라는 사람이 있으면서 그 애들 생각이라니."

"컥?!"

놀라서 고개를 들자 코앞에 시로나가 있었다.

왜 이렇게 얼굴이 가까운 거냐.

나는 연쇄적으로 한층 놀라는 바람에 무심코 몸을 뒤로 뺐다.

"아하하! 역시 놀려먹는 맛이 있다니까, 린타로 씨."

"윽, ……왜 그 녀석들 생각한다는 걸 안 거야?"

"그야 내가 초능력자라서?"
"헛소리 말고."
"태클을 걸 때는 더 세게 해야지! ……뭐 됐고! 단순히 여자의 감이야. 의외로 잘 맞는다? 남자는 꽤 단순하니까."
"……글쎄다."
말은 그렇게 하면서도 나는 내심 심장이 벌렁거렸다.
감이라고 하지만, 결국 내 얼굴에 어느 정도 감정이 드러난 거겠지.
제법 훤히 보이는 얼굴이었단 소리다.
이 여자 앞에서 감정이나 생각이 잘 드러나는 상태로 앉아있는 건 상당히 위험하다.
"근데 린타로 씨는 여자친구 없어?"
"그걸 지금 물어보냐……. 없는데."
"흐응? 영락없이 그 애들 중 누군가와 사귀는 줄 알았는데."
"여러모로 의문이지만…… 그렇게 생각했다면 왜 굳이 날 불러낸 거냐? 그렇게까지 나일 이유는 뭔데?"
내가 그렇게 물어보자 시로나는 수상한 미소를 지었다.
"말했잖아. 난 남의 것일수록 가지고 싶어진다고."
"……그럼 나에게 주목한 것도 누군가의 것이라고 생각했기 때문에?"
"아니…… 그건, 음."
시로나의 대답이 갑자기 모호해졌다.
심지어 쑥스러운 듯 얼굴이 빨개진 걸 보고 나는 의문을 느꼈다.

"그…… 내가 첫눈에 반했다고 하면 웃을 거야?"
"첫눈――."
나도 모르게 사레들릴 뻔해서 입을 틀어막았다.
위험해라. 죽을 뻔했다.
"밀스타의 할로윈 라이브에서 부딪쳤을 때부터 린타로 씨의 얼굴이 머리에서 떨어지지 않더라고. 뭐라고 하지…… 강한 공감을 느꼈어."
"……뭔 공감이야."
"린타로 씨, 부모님하고 별로 좋은 추억 없지?"
"……!"
아차, 완전히 얼굴에 드러났다.
정곡을 찔린 나를 보고 시로나는 다시 눈을 가늘게 휘며 웃었다.
"제대로 맞혔나 보네. 내가 느낀 공감은 진짜였나 봐."
"어떻게 안 거야……?"
"부모와 갈등이 있는 애는 대충 비슷한 얼굴이거든. 어릴 때 강한 고독을 맛본 얼굴이라고 해야 하나? 난 그걸 알 수 있어."
그렇게 말하며 시로나는 내 눈을 들여다보았다.
뭐지. 가슴 속까지 간파당할 것 같은 이 감각.
가슴이 술렁술렁 어수선하다.
하지만 여기서 시선을 돌리는 것도 진 기분이 든다.
나는 겁먹지 않고 시로나의 눈을 마주 바라보았다.
――그건 착각이었던 건지도 모른다.
아니, 오히려 착각이길 바랐다.

시로나의 눈동자 안쪽, 한층 깊은 곳.
그곳에 '내'가 있었다.
비바람이 부는 날, 그 넓은 집에서 고독을 견디던 시절의 내가 있었다.
"여기서부터는…… 그래. 여기서는 좀, 말하기 그렇고."
시로나는 의자에 등을 기대며 자세를 고치고는 팬케이크로 시선을 떨어트렸다.
"우선 먹자. 오늘은 밤까지 안 돌려보낼 거야."

"하아! 팬케이크 진짜 맛있었어."
카페에서 나온 시로나가 그렇게 외쳤다.
반면 나는…….
"윽……."
가게를 나서자마자 비틀거렸다.
"어라, 역시 좀 많았어?"
"어딜 봐도 그렇잖아……."
아무튼 위가 그득하다.
처음에는 얼마든지 먹을 수 있을 것 같다고 생각했는데, 먹는 사이에 환상이었다는 걸 깨달았다.
양이 너무 많다.
그냥 배가 너무 불러서 속이 불편한 건지, 아니면 크림의 단맛으로 속이 불편한 건지 판별할 수 없었다.

"넌 용케 쌩쌩하구나……."

"평소에도 많이 움직이니까 칼로리가 엄청 많이 필요하거든. 그 애들도 그렇지 않아?"

"……아하."

그 녀석들이라면 이 팬케이크 정도는 가볍게 먹어 치웠겠지.

그것과 같은 이치라고 한다면 자연스럽게 수긍이 간다.

"그럼 다음 가자!"

"야…… 나는 이 이상은 못 먹어."

"괜찮아, 린타로 씨는 따라오기만 해도 돼."

그렇게 말하며 시로나가 내 손을 잡아당겼다.

지금 당장이라도 돌아가고 싶은 기분이었지만 아직 이 녀석에게서 미튜브 노하우라는 걸 듣지 못했다.

게다가…… 이 녀석의 과거도 궁금하지 않다면 거짓말이 된다.

'……오늘 하루는 같이 있겠다고 했으니까.'

탈출이라는 선택지를 삭제한 나는 얌전히 그녀의 손에 끌려가기로 했다.

다음으로 나를 끌고 간 곳은 크레이프 가게였다.

가게 앞에는 여자들이 줄을 지어 서 있었다.

보아하니 좀 기다리게 될 모양이다.

"여기 크레이프도 유명해. 크림을 아주 많이 올려준대."

"또 크림이냐고……."

"크림은 거의 액체 같은 거니까 얼마든지 들어갈걸. 이론상."

"이해하지 못하겠어."

보통은 속이 부대낀다고.

——여기서 잠시 주의 환기를 위해 소소한 지식을 하나 풀어 놓아볼까.

직접 만들어보면 알 수 있지만 달콤한 디저트류에는 사람이 상상하는 것보다 훨씬 많은 설탕이 들어간다.

아무리 줄였다고 해도 과자인 이상 한계가 있다.

설탕은 100그램당 400킬로칼로리나 된다.

쿠키 하나에 들어가는 설탕이 약 5그램.

즉 20개를 먹으면 그대로 400킬로칼로리, 더불어 다른 재료도 섞이니까 어마어마한 양의 칼로리를 섭취하게 된다.

휘핑크림도 예외가 아니다.

조금 전 팬케이크를 먹은 단계에서 일일 당분 허용량의 한계는 넘어섰을 터.

살을 찌워야 한다면 마음대로 먹어도 되지만, 보통 사람은 자신이 당분을 얼마나 섭취했는지 생각하면서 생활하면 조금은 체중 유지에 도움이 된다.

'정말이지 왜 내 주변에 있는 연예인은 다들 외계인인 걸까.'

그만한 당분을 먹은 뒤에 또 당분을 먹으려는 시로나.

그 체형은 무너지기는커녕 완벽한 라인을 갖추고 있다.

살집이 있어야 하는 부분에는 제대로 있고 없는 게 좋은 부분은 날씬하게 들어가 있다.

그 예쁜 얼굴도 더해지니 남자로서 마음이 동하지 않는 건 아니다.

다만 알맹이를 알아버린 이상 호감보다 의심이 더 강해져서 그렇지.

"뭐야, 내 몸에 관심이 있다면 더 빨리 말해주지 그랬어?"

"뭐?"

"빤히 쳐다봤잖아. 난 보여주는 거 대환영이거든?"

놀리는 듯한 표정을 지으며 시로나가 몸을 꾹꾹 밀어붙였다.

뚜렷한 부드러움에 순간 의식을 빼앗길 뻔했지만, 바로 여기가 공공장소라는 걸 떠올리고 잡념을 털어냈다.

"야, 야…… 적어도 때와 장소는 가려야지."

"아무도 없는 곳에서라면 괜찮다는 거야?"

"그런 게 아니라……."

말꼬리나 잡고.

하지만 내가 강하게 거절하기 전에 시로나가 슥 몸을 떼어놓았다.

"자자, 그렇게 경계하지 않아도 돼. 이렇게 변장한 이상 우리를 주목하는 사람은 아무도 없으니까."

"……?"

"줄 움직인다."

순간 쓸쓸해 보이는 표정을 지었던 시로나였지만, 어느새 다시 평소의 표정으로 돌아갔다.

이 녀석이 그냥 놀리는 걸 좋아하는 성격이라면 나도 밀어내기 쉽다.

하지만 이 무언가가 있다는 분위기 때문에 밀어내고 싶은 마음을 꺾어놓는다.

여우 같은 여자다. 어쩌면 거기까지 계산한 건지도 모른다.

난감하네.

이렇게 무슨 생각인지 알 수 없으면 내가 계속 머리를 써야 하니까 당분이 부족해진다.

어쩌면 지금부터 먹을 크레이프도 다 먹을 수 있을지도――.

"……그런 희망을 품었던 시절도 있었습니다."

"? 왜 그래?"

"아니, 아무것도 아니야."

시로나가 점원에게서 받은 크레이프는 마치 양동이 같은 크기였다.

아니, 양동이는 좀 과대 표현인가?

다만 그런 착각이 들 정도로 크다.

일단 한 손으로 드는 게 불가능하다.

두 손으로 잡아야 간신히 받칠 수 있는 수준.

그렇게 잡을 수 있는 것도 가장 좁은 부분이고, 넓게 퍼지는 부분은 정말 양동이만큼 크다.

거기에는 휘핑크림과 커스터드 크림이 한가득 올라가서 보기만 해도 속이 느끼해질 정도의 위압감을 자랑했다.

"역시 큰데! 그래, 이것도 사진 찍어야지. 린타로 씨, 살짝 대각선 위에서 찍어주지 않을래?"

"상관은 없는데…… 이런 걸 남이 찍어도 괜찮아? 팬이 괜히 의심하진 않아?"

"괜찮아, 괜찮아. 뭐라고 해도 쿠로가 찍어줬다고 하면 돼."

"아, 그게 가능하구나."

그때 한 가지 의문이 떠올랐다.

"쿠로메였던가……. 그 사람, 너에게 꽤 심취해 있었지?"

"응? 뭐 그렇지."

"나와 이렇게 같이 있다고 말하면 막 화내거나 하진 않아?"

"음, 화내겠지. 걔는."

그렇게 말하며 시로나는 깔깔 웃었다.

난 웃을 일이 아니거든.

할로윈 라이브 때 그 여자는 시로나에게 조금 가까워진 것만으로도 적의를 드러냈었다.

이런 식으로 휴일을 같이 보냈다는 걸 알면 느닷없이 주먹을 휘둘러도 이상하지 않다는 인상이다.

"그 애는 나 말고 다른 사람을 안 믿어. 그래서 까딱하면 스태프도 물어뜯지. 뭐, 내가 막으면 바로 멈추니까 제어해주고 있지만."

"굉장하네……. 일에 지장이 생길 것 같은데."

"아하하! 지장이 생길 리가. 나는 천재인걸."

시로나가 마치 사진이라도 찍는 것처럼 비장의 표정으로 우쭐거렸다.

조금 재수 없지만, 이 녀석이 천재라는 건 사실이겠지.

딱히 공부를 잘하거나 운동을 잘하는 것만 천재는 아니다.
내 눈엔 어떤 형태이든 직업을 갖고 일하는 사람들은 다들 천재로 분류된다.
내가 하지 못하는 걸 하는 거니까 당연하다.
그중에서도 이 녀석이나 밀스타 세 사람은 특히 뛰어난 천재들.
이 여자는 불편하지만, 존경은 한다.
"자, 슬슬 사진 찍어줘."
"……오냐."
시로나가 시키는 대로 나는 그녀가 멘 가방에서 스마트폰을 꺼내 카메라를 켰다.
그리고 조금 위쪽 각도에서 크레이프를 담고 촬영 버튼을 눌렀다.
"이러면 돼?"
"응, 잘 찍었네. 아, 여기서 미튜버즈 힌트 하나!"
"가, 갑자기 뭔데……."
"미튜브에 대해 가르쳐준다고 했잖아? 이게 인기를 끌려면 필요한 힌트 중 하나야!"
시로나는 일단 크레이프를 나에게 맡긴 뒤 스마트폰을 만지작거리기 시작했다.
그러고는 조금 전에 찍은 크레이프 사진을 나에게 보여주었다.
"이게 린타로 씨가 찍은 크레이프잖아? 그리고 이게 보정을 거친 크레이프."
화면을 옆으로 밀자 그곳에는 반짝이 가공이 들어간 크레이프 사진이 있었다.

아니, 잘 보니까 반짝이만 넣은 게 아니다.

전체적인 채도가 올라가서 그냥 찍은 것보다 맛있어 보인다.

"……대단한데."

"그렇지? 보정을 나쁘게 말하는 사람도 있지만 주목을 끌고 싶다면 필수야. SNS는 한 명이라도 많은 사람이 주목해주는 게 정의거든. 더 예쁘게, 더 맛있게 보여주는 게 중요하지."

다만——.

그렇게 설명한 뒤 시로나는 말을 이었다.

"없는 걸 있는 것처럼 보여주는 건 NG. 보정 사기라는 말이 있는데, 이건 진짜 그냥 사기거든."

"예를 들어?"

"이 크레이프에도 딸기가 있잖아? 이 딸기의 양을 늘리는 건 아웃. 가게에 폐가 될 가능성이 있거든."

"아하……."

인플루언서에게 항의가 가는 거라면 모를까, 가게에 '사람 차별'이라면서 항의하는 사람이 나타날 가능성도 있다는 건가.

확실히 가게는 완전히 날벼락이다.

"결국 우리는 다른 사람이 만든 걸 올리는 것뿐이니까. 촬영만 하고 안 먹고 남긴다거나, 눈에 띄는 것만 중시해서 사기 같은 합성을 하는 건 안 된다는 뜻이지."

"……명심할게."

완전한 정론에 나는 그저 고개를 끄덕일 수밖에 없었다.

그 후 나는 또다시 시로나에게 끌려가 오래된 찻집에 들어갔다.

조용한 분위기가 감도는 그 찻집에서 시로나는 주문한 쇼트케이크를 입으로 가져갔다.

"으음~! 맛있어! 여기 쇼트케이크도 유명해."

시로나의 얼굴은 더없이 행복해 보였다.

나는 그게 믿어지지 않았다.

"너…… 자칫 치사량이거든? 오늘 먹은 당분."

"아하하, 날 우습게 보지 말라고. 디저트는 무한으로 들어가."

그렇게 말하며 시로나는 케이크를 한 입 더 먹었다.

이 녀석은 그 양동이 크레이프를 홀랑 먹어 치웠다.

눈 깜짝할 사이에 사라지는 산더미 같은 크림…….

그건 시도 린타로의 17년 인생에서 가장 믿어지지 않는 광경이라고 해도 과언이 아니었다.

"뭐, 확실히 당분간은 단것은 안 먹을 것 같아. 체형 유지 트레이닝이 힘들어지니까."

"꼭 그렇게 해. 보는 내가 다 걱정이다."

"어라, 적인데도 걱정해주는 거야? 착하기도 하지, 린타로 씨. 다시 반하겠네."

"시끄러……."

나는 성대히 한숨을 쉬었다.

모처럼 회복한 몸이 묘하게 무겁다.

어디가 아픈 건 아니다. 순수하게 무지막지 피곤해서 그렇다.
“……여기라면 괜찮겠지.”
“응?”
“아까 네가 하던 말. 좀 더 들려줘.”
이 이상 미루는 건 정신적으로 힘들다.
이 조용한 찻집이라면 조금 무거운 이야기를 하기에도 딱 좋겠지.
“그렇게 내 이야기가 궁금해? 혹시 나에게 반했다거나——.”
“꿈 깨.”
“아잉, 정말 깍쟁이라니까.”
몸을 비비 꼬는 시로나를 향해 나는 차가운 시선을 보냈다.
“……어휴, 농담도 안 통해?”
“그런 분위기의 이야기가 아니잖아.”
“후…… 그래, 린타로 씨 말이 맞아.”
시로나의 분위기가 갑자기 차분하게 바뀌었다.
사람이 바뀌었다…… 는 수준까진 아니지만, 이 종잡을 수 없는 느낌이 날 경계하게 만드는 원인이다.
다만 아무래도 이 분위기는 꾸며낸 게 아닌 것 같았다.
“조금 무거운 이야기인데, 들을 수 있어?”
“그런 건 익숙해.”
“아핫, 그럼 사양할 필요 없겠네.”
케이크용 포크를 내려놓은 시로나가 천천히 입을 열었다.
“나는, 그리고 쿠로메도……. 우리 둘 다 소위 시설 출신이라

부모님의 얼굴도 거의 기억나지 않아."

"……."

시설── 부모님이 죽었거나 버려졌거나, 즉 갈 곳이 없는 아이가 자라는 장소.

물론 그런 장소가 있다는 건 알지만 실제로 거기 있던 사람을 만나는 건 처음이다.

"칸사이 시골에 있는 작은 시설인데…… 먹을 것도 장난감도 전부 조촐했지만 따뜻한 곳이었어."

"……."

"아, 미리 말해두지만 동정받고 싶어서 하는 말은 아니야. 린타로 씨니까 말해주는 거지."

"알아."

"……그럼 됐고."

시로나는 안심한 듯 웃었다.

설령 내용이 어둡고 고통스러워도 나는 그걸 밀스타에게는 말하지 않는다.

특히 레이는 이 출생을 들으면 동정할 것이다.

그 감정은 트윈즈에게도, 대결을 기대하는 팬들에게도 필요하지 않다.

"당부하는 것 같지만 진짜로 따뜻한 곳이었어. ……하지만 부모에게 버림받았다는 막막한 절망은 좀처럼 채워지지 않더라고."

끼어들지는 않았지만 속으로는 맞장구쳤다.

내가 그랬으니까 알 수 있다.

아무리 힘들어도, 밑바닥에 있어도 손을 내밀어주는 사람은 있다.

내가 가장 바닥에 있을 때 도와준 사람은 아르바이트로 고용해준 유즈키 선생님과 유키오였다.

그리고 지금은 레이와 미아와 카논이 있다.

――그래도.

그렇게 채워진 구멍은 어딘가 다른 구멍이다.

어머니가 뚫어놓은 구멍은 평생 채워지지 않는다.

나는 그 구멍을 안은 채로 앞으로도 살아간다.

"그래서 생각했지. 내가 세계적으로 유명한 사람이 되면 부모님도 알아보지 않을까?"

"……!"

"좋은 생각이지? 그게 나와 쿠로메가 아이돌을 지망한 계기야."

"설마 밀스타에게 싸움을 건 이유가……."

"눈치챈 모양이네. 그래, 그게 가장 눈에 띌 거라고 생각했거든."

왜 트윈즈가 굳이 시비를 걸었던 건지 이번에 물어보려고 생각했을 정도로 계속 의문이었다.

이 녀석들은 대놓고 '싸우는 이유에는 관심이 없다'고 말했었다.

이 대결은 졌을 때 잃는 건 있어도 이긴다고 얻을 수 있는 건 거의 없다.

대결 자체가 무익하다.

그래도 트윈즈는 사무소까지 유도해서 대결을 만들었다.

그 모든 게 눈에 띄기 위한 행동이었다면 앞뒤가 맞았다.

“밀스타의 지명도도 이용해서 나와 쿠로메는 아무도 무시할 수 없을 만큼 세간을 시끄럽게 만들겠어……! 그러면 나올지도 모르잖아? 우리를 버린 멍청한 부모가!”

“……부모님을 찾으면 복수라도 하려고?”

“그렇게까지 무서운 생각은 안 했어. 하지만 욕설 정도는 퍼붓겠지.”

그렇게 말하며 시로나는 깔깔 웃었다.

내 눈에는 그 모습이 영 무리하는 것으로만 보였다.

“린타로 씨라면 이해해줄 수 있지? 너도 힘든 일이 아주 많았던 눈을 하고 있는걸.”

“너와 비교하면 별거 아니야. 그냥 어머니가 날 두고 집을 나가버린 것뿐이니까.”

“그게 힘든 일이거든?”

시로나의 날카로운 태클이 파고들었다.

그래, 템포가 딱 맞으면 의외로 상쾌하구나.

“서로 고독을 맛본 적이 있다는 건 동의해. 최근까지 아버지와도 사이가 안 좋았고.”

“최근이라는 건, 지금은 갈등도 풀린 거야?”

“그렇다고 단언은 못 해. 나를 방임했던 건 사실이고 쉽게 용서할 수 있는 일이 아니니까……. 하지만 이제 아버지가 밉지는 않아.”

어차피 과거를 깨끗하게 청산하진 못한다.

그래서 나와 아버지는 완전히 새로운, 다른 관계를 구축했다.

과거에서 눈을 돌리고 미래만 본다.

그게 요령이라고는 하나도 없는 아버지와 내가 앞으로 나아가기 위한 수단이었다.

"……그래, 린타로 씨는 이미 앞을 보고 있다는 거구나."

"오지랖이긴 한데, 너도 타협하고 앞을 볼 수는 없는 거야? 지금 네게는 함께 해주는 동료도 있고 팬도 있잖아."

"아이돌도 팬도 나에게는 사실 **중요하지 않아**. 알아서 좋아하고 알아서 싫어하라지. 우리의 이름을 조금이라도 유명하게 만들면 그만이야."

"……중요하지 않다고."

나는 시로나의 등 뒤에 웅크린 커다란 어둠을 보았다.

하지만 지금 저 발언은 **틀렸다**.

이걸 진심이라고 생각하는 거라면 이 녀석은 단단히 착각하는 거다.

"……말해줘서 고마워. 난 이제 돌아갈게."

"어라? 밤까지 같이 있어 주지 않을 거야?"

"벌써 저녁이니까 충분하잖아. 게다가 나는 듣고 싶은 걸 들었으니 만족했거든."

내가 가장 알고 싶었던 건 트윈즈가 밀스타에게 싸움을 건 이유.

그걸 알았으니 여기에 볼일은 없다.

"그 녀석들은 반드시 이겨. 그걸 알았으니 이제 됐어."

"……."

"그럼 간다. 단 거 너무 많이 먹지 않도록 조심하고."

나는 테이블에 내가 마신 커피값을 놓고 자리에서 일어났다.

"……그럼 마지막으로 가르쳐줄게. 미튜브에서 눈에 띄는 비결."

출입구로 향하는 도중 뒤에서 시로나가 그렇게 말했다.

나는 일단 발을 멈추고 돌아보았다.

"악플을 두려워하지 말 것. 약간의 문제엔 눈을 감아서라도 아무튼 어그로를 끌면 돼."

"……그건 안 되지! 라고 하면 되는 거냐? 거짓말하지 마."

"!"

제대로 태클을 걸어주자 시로나는 조금 놀란 표정을 지었다.

지금 한 말이 거짓말이라는 것쯤은 바로 알 수 있었다.

왜냐하면 트윈즈는 어그로 상술을 쓰지 않으니까.

"아하하! 역시 린타로 씨는 재미있다니까. 그럼 밀스타 여러분에게 인사 전해줘."

"그래, 알았어."

손을 흔드는 시로나에게 등을 돌린 나는 찻집을 뒤로했다.

"시로나를 만났다고?!"

"목소리 죽여……!"

시로나와 만난 날 밤.

나는 카논을 방으로 불러 오늘 있었던 일을 보고했다.
참고로 레이와 미아는 같이 목욕 중이다.
레이가 너무 피곤하다고 목욕하기 싫어하자 미아가 씻겨주는 중이라고 한다.
카논을 굳이 거실이 아닌 방으로 부른 건 지금부터 할 이야기를 최대한 여기서만 하는 이야기로 끝내고 싶기 때문이었다.
"딱히 안 들리거든……. 그래서, 굳이 적을 만나고 온 이유가 뭔데?"
"먼저 저쪽에서 불러냈어. 미튜브에서 주목받는 비결을 가르쳐 주는 대신 자기와 데이트하라고. 그리고 놀려대는 거에도 짜증이 나던 것도 있었고."
"흐응……? 영락없이 그런 미소녀가 들이대니까 신나서 룰루랄라 나간 줄 알았네."
"그럴 리가 있냐."
내 대답에 카논은 히죽 웃었다.
"그렇지! 네 주변엔 이렇게 가련한 미소녀가 있는걸! 새삼스럽게 다른 여자에게 한눈 팔거나 할 리가 없지!"
"뭐, 그래."
"……내가 한 말이긴 하지만 지금은 태클 좀 걸어주지?"
얼굴이 빨개진 카논이 어째서인지 움츠러들었다.
자기가 말해놓고 왜 쑥스러워하는 거지?
아니, 이 대화 어째 기시감이.
"아무튼, 결국 무슨 이야기를 한 거야?"

"……그냥 잡담하고, 미튜브 노하우를 몇 가지."

시로나는 나라서 자기 과거를 이야기한 거라고 했었다.

그렇다면 그 내용을 내가 주변 사람에게 말할 수도 없다.

순간 무언가를 덮어버리려고 한 내 언동에서 카논은 분명 위화감을 느꼈을 것이다.

"그래? 그럼 그 노하우라는 걸 가르쳐줘."

하지만 그 위화감에 선뜻 파고들지 않는 게 이 녀석의 대단한 점이다.

내가 건드리길 바라지 않는다는 걸 바로 눈치챈 모양이다.

"그 노하우를 듣고 내 입으로 다른 두 명에게 전달하면 되는 거지?"

"역시 카논이야, 이해력이 좋네."

"처음 나에게 말한 건 현명한 선택이었어. 특히 레이는 너무 단순해서 네 이야기를 듣고 금방 지레짐작할지도 모르니까."

나도 동감이다.

텐구지 일을 거치며 나는 괜한 비밀을 만들지 않기로 결심했다.

다만 세상에는 말하지 않아도 되는 일도 많다.

나와 시로나가 휴일을 함께 보냈다는 이야기는 아무도 몰라도 되는 일이다.

어차피 무슨 이야기를 했는지 내용을 거의 공유하지 못하니까.

"……그래서, 노하우가 뭔데?"

"아무튼 부풀리는 거랬어. 조회수를 벌고 싶다면 조금이라도 귀엽게, 조금이라도 맛있게 보이도록 하래."

"……그게 다야?"

"어. 그리고 있는 걸 예쁘게 보정하는 건 괜찮지만 없는 걸 있는 것처럼 합성하는 건 NG라고도 했지."

카논의 눈이 휘둥그레졌다.

그러고는 무슨 생각을 한 건지 나에게 연민하는 시선을 보냈다.

"너 말야……. 그건 여고생이라면 당연히 하는 거거든?"

"어? 그래……?"

"우선 셀카 보정은 상식이고, 먹은 음식이나 액세서리같이 SNS에 올리는 건 기본적으로 당연히 보정이 들어가. 그게 예쁘니까."

그렇게 말하며 카논은 본인의 SNS를 보여주었다.

거기에는 뮤직비디오용 새 의상이며 사복을 입은 모습이 있었다.

"여기, 이 사진을 봐봐."

카논이 고른 건 연습이 끝난 뒤에 찍은 셀카.

연습복을 입은 카논이 얼굴 가까이서 손가락을 브이로 벌리고 있다.

"……딱히 이상한 건 없는데."

"당연하지, 그렇게 보이도록 보정했으니까. 이게 보정 전이야."

다음으로 보여준 건 같은 구도의 사진이었다.

하지만 명확하게 다른 점이 있다.

"안색이 좀 안 좋은데……?"

조명의 영향인가? 보정 전에 비해 패기가 없어 보였다.

연습실 전체의 분위기도 어딘가 어둡고 차가운 인상이다.

"그래, 이때는 쿨하고 멋있는 느낌의 노래를 연습한 직후거든. 우리는 연습할 때부터 분위기를 조성하려고 조명도 만지고 하니까 스튜디오 전체가 밝지 않았어. 그러면 당연히 안색도 안 좋게 찍히는데, 그걸 그대로 SNS에 올렸다간 팬들이 걱정할지도 모르잖아?"

"음, 그건 본의가 아니지."

"바로 그거야. 그래서 전체적인 명도를 올리고, 반짝이 효과를 넣어서 사진을 밝은 분위기로 만든 거지."

확실히 이걸 보고 카논의 건강을 걱정하는 사람은 없을 것이다.

귀여운 걸 한층 귀엽게 보여주는 보정과는 살짝 다른 기술.

당연한 것처럼 봤던 것들도 이런 식으로 편집이 들어갔기 때문에 당연하게 보였던 건지도 모른다.

"우리를 위해 고생해준 건 고맙지만…… 완전히 당했네."

"어, 그러게."

낚였다. 설마 보정이 여고생들 사이에서는 당연한 기술이었다니.

아니, 내가 몰랐던 것뿐인가?

아무튼 헛고생을 했다는 게 쪽팔린다.

"……너 말이야."

손으로 얼굴을 덮어버린 나를 카논이 들여다보았다.

"일단 물어보는 건데, 시로나와는 정말 아무 일도 없었던 거지?"

"어, 아무것도 없어."

"……알았어. 그럼 이건 비밀로 해 줄게."

기가 막힌다는 듯 카논은 한숨을 쉬었다.

"그때처럼 궁지에 몰린 느낌도 없으니 정말 아무 일도 없었나 보네."

"그 녀석, 일단 너희의 적이잖아? 깊게 엮일 만한 일은 안 해."

"……가끔 생각하는 건데, 넌 여자를 어떻게 보는 거야?"

"어떻게 보냐니……?"

"주변에 이만한 미소녀가 있고, 개중에는 네게 호감을 표시하는 애도 있는데…… 조금도 안 흔들려?"

그 질문에 나는 굳어버렸다.

이때까지 나는 계속 그런 부분은 생각하지 않으려고 했었다.

내가 사랑하는 여자는 평생 한 명, 그러니까 신중하게 선택해야 한다——.

그렇게 타일렀다.

하지만 그건 어디까지나 그냥 변명에 불과하다.

나는 그저 지금 관계가 망가지는 걸 두려워했던 것뿐이다.

이 마음 속에는 이미 결론이 나와있다.

내 마음이 누굴 향했는지 그건 이미 자각했다.

언젠가 그걸 말해야만 하는 때가 온다.

하지만 그 순간은 틀림없이 '지금'이 아니다.

"그런 걸 생각하는 건 너희가 부도칸 라이브를 끝낸 뒤에. 너희를 서포트하고 싶다고 나선 대가 그런 식으로 한눈팔고 있으면 이상하잖아?"

"……그건 그래. 지금 네가 연애 문제로 일을 내면, 그…… 우리도 여러모로 곤란하니까."

카논이 나에게서 살짝 시선을 돌렸다.

"……슬슬 그 애들이 나올 거야. 거실로 돌아가야겠어."

"그래."

먼저 일어난 카논이 문에 손을 댔다.

"——저기, 린타로."

그러고는 이쪽을 돌아보지 않은 채 입을 열었다.

"우리도 딱히 연애에 관심이 없는 건 아니야."

"어……?"

"네가 그 부분은 착각하지 말았으면 좋겠어. ……하고 싶은 말은 그게 다야."

그런 말을 남기고 카논은 먼저 복도로 나가버렸다.

나는 잠시 기다린 뒤 마찬가지로 방에서 나와 거실로 향했다.

거실로 돌아와 잠시 기다리자 욕실에서 레이와 미아가 돌아왔다.

"자, 레이? 드라이어 하기 전에 제대로 물기를 닦지 않으면 말릴 때 시간이 오래 걸리니까."

"응……."

미아가 레이의 젖은 머리카락을 수건으로 꾹꾹 누르면서 닦고 있다.

그렇게 수건으로 머리카락을 말리는 레이는 긴 머리카락도 더해져서 마치 골든리트리버 같았다.

마침 색도 금색이고.

"어서 와, 꽤 오래 걸렸네?"

"레이가 진짜로 움직이기 싫어해서 고생했어. 뭐, 오늘은 솔로 연습도 있었으니 피곤한 건 이해하지만."

미아가 어깨를 주무르며 말했다.

그래, 그런 거면 이렇게까지 지칠 만도 하다.

"으음, 레이는 이만 재워버릴까. 오늘은 카논의 나이트 루틴을 촬영할 예정이었지?"

"맞아. 촬영이라면 지금 있는 인원으로도 충분하니까."

나이트 루틴이란, 소위 평소 자기 직전에 반복하는 행동을 말한다.

간단한 예시로는 목욕, 양치 등 매일 자기 전에 꼭 하는 걸 동영상으로 남긴다.

"그럼 미안하지만 레이를 재우고 와 줄래? 린타로."

"어, 알았어."

나는 순순히 미아의 말에 대답하며 레이에게로.

집 안에서 촬영하는 이상 만에 하나라도 내가 찍히는 일이 있어서는 안 된다.

그러니 여기서 내가 레이를 데리고 방에 틀어박히는 건 당연하다.

"레이, 가자."

"응…… 린타로, 업어줘……."

"그렇게 움직이기 싫은 거냐……?"

평소엔 아무리 가혹한 연습을 했어도 대놓고 지친 모습을 보이지 않는 레이.

그런 레이가 움직이기 싫어할 정도로 지쳐있다.

아직 반년이라는 짧은 관계이긴 해도 이런 모습은 거의 보지 못했다.

"레이는 요 며칠 동안 미튜브 연구 때문에 늦게까지 일어나있는 것 같더라."

"어?"

절레절레 고개를 저으며 미아가 말했다.

그러고는 카논에게 힐끗 시선을 던졌다.

"하아…… 나도 이제 와서 잔소리하지 않기로 했어. 놀거나 취미 때문이라면 모를까 열심히 공부하고 있거든, 얘."

"맞아, 유명한 미튜버의 이름도 제대로 외워놨고, 기획 아이디어도 다 그럴싸해졌어."

"그러다 본업을 뒷전으로 미루면 혼냈을 테지만…… 일단 일에서도 힘을 빼지 않고 있으니까."

"요즘 더 바빠져서 부담이 꽤 클 텐데 말이지."

레이가 노력가인 건 틀림없다.

그건 다들 인정한다.

하지만 그랬다가 건강이 상하면 본말전도다.

"제대로 감시해야겠네……."

나는 그렇게 중얼거리며 레이 앞에서 등을 돌렸다.
그러고는 카논과 미아의 도움을 받아 레이를 업었다.
"그럼 재우고 올게."
"응, 부탁해."
레이를 업고 어떻게든 2층으로.
그녀의 방 문을 열고 안으로 들어갔다.
"……."
왜 같은 집인데도 이렇게 좋은 냄새가 나는 걸까.
청소하려고 몇 번이나 드나들지만, 그때마다 묘한 기분이 든다.
여기에 오래 있는 건 위험하다고 본능이 경고한다.
"레이, 침대에 눕힌다."
"응……."
나도 함께 앉다시피 하며 레이를 침대에 내려놓았다.
그대로 조금 힘을 줘서 밀자 그녀의 몸은 금방 침대 위로 쓰러졌다.
"응…… 린, 타로."
"그래, 여기 있어."
레이의 머리 주변에 앉았다.
그러자 레이는 어리광을 부리듯 내 등에 머리를 비벼댔다.
뭐냐, 이 귀여운 생물은.
이쪽은 하루하루 이성을 유지하느라 필사적인데 이런 식으로 굴면 너무 곤란하다.
'하지만…… 날 믿어준다는 거니까…….'

레이도 그 두 사람도 나를 믿으니까 곁에 두고 있다.
그걸 저버리는 짓을 할 수는 없다.
나는 레이의 머리를 쓰다듬으려고 했던 손을 천천히 내렸다.
———이렇게 계속 무마하고 덮어버리면서 넘긴 끝에 대체 뭐가 있을까.
"……잘 자, 레이."
그 말을 끝으로 나는 레이의 방을 뒤로 했다.

"돌아왔어, 쿠로."
"시로……! 어서 와."
같이 사는 맨션으로 돌아오자마자 쿠로가 나를 끌어안았다.
매번 쿠로는 내가 혼자 외출하면 이렇게 된다.
내가 어딘가에 가 버리는 건 아닌지 불안해지는 거겠지.
그래서 이렇게 되었을 때는 등을 천천히 쓸어준다.
"자자, 제대로 돌아왔잖아? 안심해."
"응. 무사히 돌아와 줘서 다행이야."
"매번 호들갑이라니까."
같은 고독을 아는 인간과 함께하는 생활은 안정감이 있다.
린타로 씨에게는 쿠로는 사람을 믿지 않는다는 식으로 말했지만, 그건 반은 거짓말.
정확하겐 **나도** 쿠로도 사람을 믿지 않는다——가 맞다.

이 고독을 모르는 사람은 또 우리에게 같은 기분을 맛보게 할지도 모른다.

그래서 믿을 수 없다.

그 점에서 쿠로와 있으면 안심할 수 있다.

고독의 괴로움을 아는 이 애는 내가 또 그 고통을 겪지 않게 해주려고 하니까.

"자, 들어가자."

"응."

우리가 빌린 맨션의 구조는 2LDK.

거실에 침실과 미튜브용 촬영룸이 붙어 있는 느낌이다.

"……슬슬 이사해도 되려나."

나는 촬영용 도구 등으로 빽빽해진 거실을 바라보며 그렇게 중얼거렸다.

"응, 편집실도 있으면 좋겠어."

"맞아……. 계속 식탁에서 편집하면 허리에 안 좋을 것 같단 말이지."

초콜릿 트윈즈의 채널은 촬영부터 편집까지 전부 우리끼리 담당한다.

외부인은 당연히 믿을 수 없다.

그래도 사무소에 들어간 이유는 사무소 쪽과 이해가 일치했기 때문이다.

우리는 귀찮은 다른 사무소의 권유를 차단하면서 사무소 명의로 마음껏 활동할 수 있다.

대신 우리는 사무소에 초콜릿 트윈즈라는 이름을 빌려준다.
우리의 이름만으로 사무소는 급이 오른다는 모양이다.
뭐, WIN-WIN이라는 거지.
"우선 배고파! 뭐 배달이라도 시키자."
"어? 밖에서 먹고 온 거 아니야?"
"음, 좀 일정이 바뀌어서."
린타로 씨를 밤까지 끌고 다닐 생각이었는데 빠르게 도망치고 말았다.
나야 확인하고 싶은 건 전부 확인했고 재미있는 시간도 즐겼으니 아쉬운 건 딱히 없다.
하지만 나 같은 미소녀와 데이트하는 도중에 이탈할 수 있는 그 사람의 정신세계를 이해할 수 없었다.
보통은 최대한 같이 있고 싶어 하지 않나.
주변에 미소녀가 많아서 묘하게 익숙해져 버린 거 아니야?
참으로 배부른 처지다.
"……이럴 때 우리도 요리를 만들 수 있다면 좋을 텐데."
깨끗하게 정리된 부엌을 보고 나는 쓴웃음을 지었다.
부엌이 깨끗한 이유는 지극히 단순하다. 전혀 사용하지 않기 때문이다.
"밀스타가 부러워, 그런 서포터가 있다니. 린타로 씨의 요리는 분명 눈이 튀어나올 정도로 맛있을 텐데."
"……요즘 시로, 계속 '린타로' 이야기만 해."
"그야 부럽잖아. 그렇게 마음에 드는 남자는 잘 없는걸? 틀림없이 우리 쪽 인간이고."

"오늘은 그걸 확인하러 간 거 아니었어?"

"맞아, 정말로 그 사람은 이쪽…… 잠깐."

나는 조심조심 쿠로의 얼굴을 보았다.

"……언제부터 눈치챘었어?"

"오늘은 집 보라고 했을 때부터 대충."

"하아~ 이거 한 방 먹었네."

설마 그 쿠로가 내 행동을 알아차릴 줄이야.

연애에는 둔감한 줄 알았던 이 애도 사실은 성장한 걸까.

"말 안 하고 간 거 화 안 내?"

"불만은 있지만 화는 안 났어. 시로에게 필요한 일이었을 테고, 게다가…… 린타로라는 사람은 별로 나쁜 느낌이 안 드니까."

"오, 네가 그런 말을 하다니 별일이네."

뼛속까지 인간 불신인 쿠로가 가시 돋친 태도를 보이지 않는다.

그것만으로도 오랫동안 함께 있었던 나는 순수하게 놀랐다.

"분위기가 조금 시로를 닮았어. 그래서 별로 안 무서워."

"……흐음, 역시 쿠로도 그렇게 생각했구나."

나는 무심코 웃어버렸다.

마음에 드는 타입이고, 쿠로도 별로 경계하지 않고, 우리와 같은 고독을 아는 남자——.

그런 사람을 내버려 둘 수는 없지.

"쿠로."

"왜?"

"린타로 씨, 정말 빼앗아 올까?"

그런 식으로 뭐든 다 갖고 있다는 듯한 애들에게 린타로 씨는 아깝다.

우리 같은 인간은 끼리끼리 모여서 상처를 위로해주는 게 제일 좋다.

"시로가 원한다면 나도 협력할게."

"크으! 쿠로는 정말 귀엽다니까!"

린타로 씨만 빼앗아버리면 분명 밀스타는 적수가 아니다.

승패가 어떻게 나도 상관없다는 건 진심이지만, 이기는 게 당연히 기분 좋다.

슬슬 투표를 시작할 때가 온다.

경기장은 우리가 골랐지만 그것만으로 쓰러트릴 수 있을 만큼 밀스타는 만만하지 않다.

하지만 그렇기 때문에 싸울 가치가 있다.

"인기도 남자도 모조리 우리가 가져가겠어……!"

평생 일하고 싶지 않은
내가, 같은 반
인기 아이돌의
눈에 들면

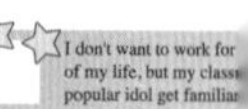
I don't want to work for
of my life, but my class
popular idol get familiar

『안녕하세요! 밀피유 스타즈입니다!』

『저희 세 사람의 미튜브 채널을 개설해봤습니다.』

『앞으로 당분간 매일 갱신할 예정이니까 채널 구독 많이 부탁드려요.』

밀피유 스타즈의 공식 미튜브 채널, '밀스타 채널'의 첫 번째 동영상.

그 영상은 고작 하루 만에 수많은 사람에게 퍼져나갔다.

"대단하네, 밀스타. 어젯밤에 올린 영상이 벌써 2백만을 넘겼어."

내 앞에 앉아있던 유키오가 스마트폰의 화면을 보여주며 말을 걸었다.

밀스타가 미튜브 채널을 개설했다는 소식에 세간은 상당히 놀란 모양이었다.

SNS에서는 아직 트렌드에 올라가 있고, 인터넷 뉴스에서도 기사가 계속 올라온다.

이것이야말로 밀스타가 항상 엔터테인먼트의 최전선에 있다는 증거다.

"우선 기뻐하는 반응이 커서 한숨 돌린 참이야."

"그러게."

다소 비난 같은 게 나올 줄 알고 긴장했지만 현재 그런 기색은 없다.

팬들은 밀스타가 지금까지 수수께끼에 싸여있던 사적인 모습을 보여준다는 부분에 크게 반응하며 온갖 곳에서 흥분하고 있었다.

채널 구독자도 계속 늘어나서 조만간 50만 명에 도달할 것 같다.

초동부터 증가 페이스에 가속도가 붙어서 어쩌면 내일이면 100만 명이라는 타이틀을 거머쥐게 될지도 모른다.

"뭐…… 저렇게 질문 공세가 들어오는 건 조금 불쌍하지만."

유키오가 레이가 앉는 자리로 시선을 던지며 쓰게 웃었다.

오늘은 레이도 등교하는 날.

최근에는 일주일에 반이나 출석하면 좋은 편인 레이에게 반 아이들은 아주 협조적이었다.

특별대우는 없이 최대한 평범하게 대하자는 마음가짐이 따로 말하지 않아도 반 전체에 퍼져있다.

뭐, 그래도 어제 특대 발표가 있었으니 아무래도 어쩔 수 없지.

지금도 미튜브에 대해 자세히 물어보는 모양이다.

"질문하고 싶어 하는 마음은 이해해. 영상에서 사적인 부분도 조금 보여주겠다고 말해버렸으니까. 어떤 내용이 공개될지 신경 쓰지 않는 게 힘들지."

"그렇긴 해……."

"아, 맞다. 전에 네가 정리한 노트, 그거 그 녀석들에게도 공유해도 돼?"

"어? 괘, 괜찮은데…… 새삼 도움이 되려나?"

"네가 모은 정보라면 분명 도움이 될걸."

그 녀석들도 할 수 있는 건 전부 하려고 한다.

그렇다면 나도 투표가 시작할 때까지 발버둥 치고 싶다.

"……그렇게까지 말해주니까 기분이 나쁘지 않네."

그렇게 말하며 유키오는 가방에서 몇 권의 노트를 꺼냈다.

그중 하나는 전에 보여줬던 노트지만, 다른 노트는 낯설다.

"그 후로 또 시간이 남아돌 때마다 이렇게 노트에 정리했어. 물론 전부는 아니지만 트윈즈처럼 미튜브에서 활약하는 아티스트는 꽤 모은 것 같아."

"와……."

전과는 다른 노트를 펼쳐 내용을 읽었다.

거기에는 온갖 아티스트가 세상에 내놓은 동영상 중 특히 조회수가 많은 걸 쏙쏙 골라서 정리해놨다.

특히 인기가 많은 동영상은 내용까지 상세하게 설명을 적어놨다.

게다가 시청자가 많이 본 구간은 따로 빼서 설명하며 왜 여기가 인기인 건지 심리를 분석해서 해설해놨다.

이런 정보량도 정보량이지만 노트 자체가 아무튼 가독성이 좋다.

꼼꼼한 유키오의 성격이 선명하게 반영되어 있었다.

"인기투표 대결 이야기를 들은 뒤로 미튜브를 중점적으로 조사했어. 그리고 트윈즈 연구만 하면 편중될 것 같기도 하고, 솔직히 그 세 사람은 트윈즈와 같은 노선이 맞지 않을 테니까 다른 다양한 인기 미튜버 정보도 수집해봤고."

"……여기까지 오면 미튜브 교과서 같은데."

멤버 구성까지 실린 페이지를 발견한 나는 식은땀을 흘렸다.

유키오가 우리를 위해 이렇게까지 노력해주었다.

여기에 내가 어떻게 보답할 수 있을지 쉽게 떠오를 것 같지 않다.

"고마워, 유키오……. 이 은혜는 반드시 갚을게."

"신경 쓰지 않아도――된다고 말하고 싶지만, 만약 그 노트가 도움이 되었다면 또 밀스타의 라이브에 데려가 줘. 지난번 할로윈 라이브가 무척 재미있었거든."

"알았어, 그 녀석들에게 특등석을 부탁할게."

다음 라이브라면 티켓 쟁탈전을 피할 수 없는 부도칸 라이브가 될 테지만…… 뭐, 어떻게든 되겠지.

"와……! 되게 보기 좋잖아! 이 노트!"

유키오에게서 노트를 빌린 나는 그날 밤에 바로 세 사람에게 보여주었다.

세 사람 모두 노트에 눈이 못 박힌 걸 보며 유키오의 노트가 벌써 유익하게 쓰이고 있다는 걸 실감할 수 있었다.

"린타로, 이거 전부 이나바가 했어?"

"맞아. 공부하는 사이사이 시간이 빌 때 정리했다고 해."

"정말 대단해……. 시청자수가 증가하기 쉬운 시간대까지 전부 정리해놨어."

실제로 미튜브를 하지 않는 나도 이 노트에서 정말 많이 배웠다.
미튜브에서 시청자가 증가하기 쉬운 시간대에 동영상을 올리면 조회수도 증가한다—— 하지만 당연히 같은 생각을 하는 업로더들이 있다.
온갖 미튜버가 동시에 동영상을 올리면 묻혀버릴 가능성이 있다는 소리다.
하지만 주목도만 높인다면 아마 묻히지 않고 시청자를 독점할 수 있다.
이건 초콜릿 트윈즈의 업로드 시간을 보면 일목요연.
그쪽은 소위 골든타임에 영상을 올려도 다른 사람에게 일절 방해받지 않고 급상승 랭킹에 파고든다.
탁월한 인기와 많은 고정 팬이 이뤄내는 기술이다.
다만 밀스타에게는 탁월한 인기는 있어도 이제 막 미튜브를 시작한 참이라 미튜브 내에 고정 팬이 있다는 보장이 없다.
그걸 보완하는 게 '화제성'.
그 밀스타가 미튜브를 시작했다는 화제가 강한 존재감을 발휘하는 동안 고정 팬을 확보한다. 그게 오래 인기를 유지하기 위한 가장 좋은 방법.
즉 오늘을 포함한 며칠 동안 이미 촬영을 마친 영상 내에서 임팩트가 강한 기획을 투하할 필요가 있는 셈이다.
"아껴가면서 올릴 수 있는 상황이 아닌 모양이네……."
그렇게 중얼거린 미아는 읽던 노트를 덮었다.
"오늘 무슨 영상을 올릴지 아직 안 정했었지?"

"그래, 아직 예정 시각까지 한 시간 정도 있으니까 이제부터 생각하려던 참이었는데……."

편집은 사무소에 맡겼지만 업로드 권한은 밀스타가, 구체적으로는 카논이 쥐고 있다.

사무소가 편집을 마치고 보낸 영상 파일을 카논이 받아서 채널에 올리는 구조다.

"오늘은 신곡 댄스 연습 영상을 올려야 해."

"댄스 영상? 그런 걸 찍었어?"

"스튜디오에서 연습할 때 겸사겸사 찍어달라고 했거든."

근처에 놓여있던 노트북을 펼친 미아는 한 동영상 파일을 재생했다.

동영상에 나오는 광경은 내가 도시락을 가져다줬던 스튜디오.

그 중심에 연습복을 입은 세 사람이 있다.

그리고 얼마 전 발표한 노래가 나오더니 세 사람이 시원스럽게 춤을 추기 시작했다.

"오……! 이 구도 뭔가 신선하네."

"그렇지? 사실 우리의 춤을 제대로 보여줄 기회는 별로 없었거든. 물론 라이브나 방송에서 보여주긴 했어도 무대를 걸어 다녀야 하거나, 각도상 항상 전원이 비치는 건 아니기도 하니까."

"듣고 보면 확실히 그렇네."

예를 들어 음악 방송이라면, 솔로 파트가 있는 곡에선 그 부분을 담당하는 사람에게 카메라를 집중한다.

하지만 이 영상은 솔로 파트 중에 다른 두 사람이 뭘 하는지 확실하게 보여주고 있다.

라이브에서는 멀리서 볼 수밖에 없었던 움직임도 이 영상에서는 전부 잘 보이고, 아예 재생속도를 늦춰서 쪼개보는 것도 가능하다.

팬이라면 꼭 봐야 하는 영상이라고 할 수 있다.

"우리 채널에 제대로 팬을 기쁘게 해주는 힘이 있다면 다들 꼭 구독해줄 거야. 먼저 채널 구독자 수를 늘리는 걸 목표로 잡고 미튜브에서만 볼 수 있는 특별함을 자극하는 영상을 올려야 한다고 봐."

"나도 이의 없어. 레이와 린타로는?"

지목당한 레이는 고개를 저었다.

나도 이 부분에는 순순히 동의를 표했다.

"나도 이 영상은 조회수가 잘 나올 거라고 생각했어. 인사 영상 다음으로 꺼내는 카드로서는 최적일지도 몰라."

노트북을 든 카논이 무언가 조작을 시작했다.

바로 업로드를 준비하는 모양이다.

나도 이 녀석들의 채널이 첫술에 어디까지 올라갈지 무척 기대됐다.

"……구독자하니 말인데."

문득 생각난 나는 스마트폰의 미튜브 애플리케이션으로 밀스타의 채널을 확인했다.

그리고 거기 뜬 구독자 수를 보고 눈을 부릅떴다.

"야! 잠깐! 너네 채널……!"

내 목소리에 각자 채널을 확인하기 시작했다.

그리고 전원의 눈이 휘둥그레졌다.

““““배…… 100만 명…….””””

반응까지 똑같다.

“대박이잖아……! 고작 하루 만에 여기까지.”

“너무 순조로워서 무서울 정도야……. 하지만 솔직히 기뻐.”

어딘가 안도한 듯 소파에 몸을 깊게 기대는 미아.

그 옆에는 억지로 우쭐대는 표정을 짓는 카논이 있었다.

“이, 이 정도쯤이야. 어디까지나 중간 목표잖아? 이 정도는 당연하다고 해야 할까…….”

“카논, 솔직하게.”

“당연히 기쁘지! 레이! 넌 어떤데?”

“물론 기뻐. 팬들이 미튜브까지 와서도 응원해준다는 게…… 무척 기뻐.”

“……그렇지!”

딱히 첫날에 구독자 수 100만 명을 넘기는 경우가 밀스타가 처음인 건 아니다.

다만 전례가 한없이 적다는 건 사실이고, 쾌거를 거두었다는 건 틀림없다.

지금은 이 결과를 순순히 기뻐해도 아무도 뭐라 하지 않을 것이다.

“……하지만 기뻐하기만 할 수는 없지. 오늘도 하나 찍지 않으면 비축분이 불안하니까——.”

카논이 말을 끝내기 전에 거실에 꼬르륵 소리가 울렸다.

나, 카논, 미아의 시선이 소리가 들린 쪽으로 향했다.

"……배고파."

배를 누른 레이가 익숙한 문장을 입에 담았다.

조금 전 위업을 하나 달성한 직후인데도 이 녀석은 정말 마이페이스다.

뭐, 그게 장점이기도 하지만.

"오늘 할 기획 아직 안 정했던가?"

"어? 어, 그렇지……."

"그럼 전에 말했던 푸드파이터 기획은 어때?"

이렇게 좋은 기회도 잘 없다.

축하도 겸해서 최근에 습득한 비장의 디저트를 대접해줘야지.

부엌으로 이동한 나는 하교할 때 산 재료들을 조리대 위에 늘어놓았다.

여기에 있는 걸 사용해서 최고의 저당 디저트를 만든다.

참고로 저당이란 말 그대로 당분을 줄여서 칼로리를 낮춘 걸 말한다.

"우선은……."

나는 보울 안에 달걀, 대두분, 베이킹파우더, 바닐라 에센스를 넣고 아몬드 밀크를 부었다.

대두분이란 콩을 갈아서 분말로 만든 걸 말한다.

밀가루 대신 사용하면 당을 상당히 줄여줄 수 있는 우수한 재료다.
다만 평범하게 밀가루를 써서 만드는 것보다 살짝 푸석함이 느껴지곤 한다.
그걸 방지하기 위해 나는 어레인지를 추가했다.
그게 이 연두부다.
──디저트에 두부? 하고 의문을 갖는 사람도 있겠지.
나도 처음 요리를 시작했을 때는 그랬다.
하지만 지금은 두부라는 재료의 잠재력을 100% 믿을 수 있다.
'이게 매번 즐겁단 말이지…….'
나는 보울에 두부를 으깨면서 넣었다.
이렇게 두부를 넣으면 반죽을 부드럽게 만들어서 푸석함을 줄여준다.
밀가루를 쓰지 않아서 생기는 폐해를 어느 정도 완화해주는 거다.
햄버그나 미트볼에도 응용할 수 있으니 앞으로 요리를 시작하는 사람이 꼭 알아두길 바라는 사용법이다.
이렇게 두부까지 넣으면 이제는 설탕을 넣고 섞으면 끝.
정식 당질 제한 식단으로 간다면 설탕도 사용하면 안 되지만, 이번에는 어디까지나 최대한 칼로리를 줄이는 정도니까 아끼지 않고 사용한다.
사실 무당 디저트는 풍미가 조금 특이해진다.
나는 괜찮아도 세 사람이 먹을 수 있을지 없을지 알 수 없다.
그래서 설탕은 그대로 쓴다.

물론 넣는 양 자체는 줄이지만.

"다음은……."

메모해둔 걸 보며 다음 단계를 확인했다.

이제 이 반죽에 추가할 건 없다.

그렇다면 다음은 바로 굽는 단계다.

이대로 프라이팬에서 구워도 괜찮지만, 그 전에 하고 싶은 게 있었다.

'이것만큼은 도전이군.'

나는 조금 설레는 마음으로 냉장고에서 생크림을 꺼냈다.

"미안, 기다렸지?"

완성한 디저트를 세 사람에게 가져갔다.

"내 특제 저당 팬케이크다. 밀가루 대신 대두분과 두부를 써서 당분을 상당히 억제했어."

""""오오……!""""

예쁘게 구워진 팬케이크와 옆에 곁들여 나온 순백의 휘핑크림.

이미 눈치챈 사람도 많을 테지만, 이건 시로나와 같이 갔던 카페의 팬케이크를 참고해서 만들었다.

뇌가 녹아버릴 정도로 단맛을 느끼면서도 담백하고 개운하던 신기한 그 감각.

거기에 조금이라도 가까워지도록 휘핑크림 만들기에 상당히 공을 들여보았다.

맛을 보았을 때는 성공 같았는데, 이 녀석들의 혀에도 맞을까?

"린타로, 이거 먹어도 돼?"

"그래. 작게 잘라놨으니까 각자 하나씩 먹어봐. 맛 감상도 부탁하마."

"응……!"

세 사람은 내가 준 포크를 들고 팬케이크를 입으로 가져갔다.

"……! 마, 맛있어! 이거 진짜 저당이야?!"

"의심스러울 정도로 단맛이 나는데……. 팬케이크도 푹신푹신하고."

카논과 미아의 얼굴에 놀람이 번졌다.

좋은 반응이다.

나도 안심했다.

"달고, 푹신하고, 아주 맛있어. 하지만 아주 단데 크림이 입 안에 안 남아…… 어째서?"

"유명한 카페의 휘핑크림을 참고했거든. 크림 자체도 당을 살짝 줄여서 만든 거야."

생크림은 지방에 따라 종류가 갈린다.

그중에서도 저지방인 게 가장 이상에 가까울 거라고 생각한 나는 지방을 제한한 생크림을 골라보기로 했다.

그리고 설탕도 본래 들어가는 양에서 어느 정도 줄였다.

이렇게 되면 확실히 묵직함은 사라지지만 단맛도 상당히 줄어든다.

다만 팬케이크 자체도 제대로 단맛이 나도록 만들었고, 푸드파이터용으로는 딱 좋게 담백해진 느낌이 든다.

"설탕을 쓰지 않으면 당분을 더 줄일 수도 있지만, 맛이 좀 변할 가능성이 있었거든. 그래도 신경 쓰인다면 다음에 다른 패턴으로 만들어볼게."

"……나 네가 카페라도 열면 매일 다닐 자신이 있어."

"칭찬 고맙다, 카논."

아무래도 상당히 마음에 든 모양이다.

사실 오늘까지 이상적인 휘핑크림을 만들기 위해 몰래 실험했었다.

그런 과정을 거쳐서 나온 게 지금 먹이는 크림.

설탕의 양도 당연히 중요하지만, 그것과 마찬가지로 중요한 게 식감이다.

저지방 생크림은 고지방 생크림에 비하면 거품이 날 때까지 시간이 걸린다. 그렇다고 적당히 힘을 뺐다간 식감이 떨어진다. 고지방과 비교해도 손색이 없도록 하려면 정성을 들여서 거품을 내야 한다.

하지만 아쉬움도 남았다.

이렇게까지 공을 들여도 카페에서 먹었던 팬케이크와 크림에는 한참 못 미친다.

물론 그쪽은 밀가루도 설탕도 듬뿍 썼을 테니 재료가 한정된 상황에서 여기까지 만들어낸 건 내가 보기에도 쾌거다.

그래도 이렇게 타협해야만 하는 부분이 하염없이 아쉬웠다.

이렇게 얻은 경험을 낭비해서는 안 된다.

나는 스스로를 그렇게 타이르며 이 녀석들에게 최고의 팬케이크를 먹이겠다고 결심했다.

"응, 이거라면 얼마든지 먹을 수 있을 것 같아."

시식용 팬케이크를 순식간에 먹어 치운 레이는 나에게 기대에 찬 시선을 보냈다.

지금부터 바빠진다.

나는 레이의 배가 가득 찰 때까지 쉬지 않고 팬케이크를 구워야만 한다.

"린타로, 일단 물어보는 건데 몇 개 정도까지 구울 수 있을 것 같아?"

"글쎄……. 지금 단계에서 7개~8개는 구울 수 있을 거야."

사 놓은 재료는 이게 전부가 아니고, 반죽도 크림도 더 늘릴 수 있다.

다만 8개의 팬케이크는 그리 쉽게 다 먹을 수 있는 양이 아니다.

반죽이 남으면 미아와 카논도 먹으라고 해야지.

오래 보관할 수 있는 것도 아니니까 오늘 내에 다 먹어준다면 좋겠는데――.

'망언이었잖아……!'

나는 프라이팬 두 개를 사용해 두 개의 팬케이크를 동시에 구웠다.

레이의 푸드파이터 기획이 시작한 지 대략 10분 정도 지난 현재.

처음 만들었던 반죽은 지금 굽는 팬케이크로 전부 다 써버리는 단계까지 와 버렸다.

'평소 식생활을 봐서 불길한 예감은 들었지만……! 설마 먹기에만 집중하는 레이가 이렇게까지 굉장할 줄이야……!'

프라이팬을 흔들어 팬케이크 두 개를 동시에 뒤집었다.

여기 와서 프라이팬 기술이 한층 진화할 줄은 나도 상상하지 못했다.

그리고 마저 굽는 동안 새 반죽을 만든다.

휘핑크림은 처음에 대량으로 만들었으니 아직 괜찮다.

지금은 반죽만 만들면 어떻게든 세이프——겠지!

"다음! 됐어?"

"……!"

부엌에 온 카논을 향해 나는 고개를 한 번 끄덕였다.

촬영하는 중이니 내가 목소리를 낼 수는 없다.

기합을 넣기 위해 소리치고 싶었지만 그건 꾹 참았다.

'좋았어……!'

서두르는 동안에도 예쁘게 구워진 팬케이크를 덥시에 담았다.

동시에 새 반죽을 프라이팬에 투입.

뒤집을 때까지 남는 시간에 휘핑크림을 팬케이크에 올려 서빙 담당인 카논에게 건넸다.

"나이스……! 가져갈게!"

카논이 가져가는 걸 지켜볼 새도 없이 나는 불 앞으로 돌아갔다.

대체 이 작업은 언제까지 이어질까?

기획 자체에는 제한 시간이 있으니 그때가 오면 확실하게 끝난다.
문제는 그 제한 시간이 한 시간이나 된다는 점이다.
나는 과연 한 시간 동안 내내 만들게 되는 걸까, 아니면——.
"……."
구워지는 걸 기다리는 동안 힐끗 거실을 보았다.
거기에 있는 건 4등분한 팬케이크를 한입에 집어넣는 레이의 모습.
그 얼굴은 더없이 행복해 보였다.
'……굽자.'
희망 회로를 돌리는 걸 포기한 나는 마음을 비우고 팬케이크를 굽기로 했다.
이거 내일 근육통 확정이구만.

"——이젠 배가 꽉 찼어."
레이가 그렇게 말하고 포크와 나이프를 내려놓은 건 제한 시간이 끝나기 직전이었다.
그 말을 들은 나는 나도 모르게 부엌 바닥으로 무너졌다.
5분도 남지 않은 타이밍까지 레이는 하염없이 팬케이크를 먹었다.
중간에 세지도 못하게 되었지만, 그 후로 한 번 더 반죽을 다시 만든 걸 보면 20개 정도는 먹지 않았을까.

하나 당 크기가 절대 작은 것도 아닌데…….
"괘, 괜찮아? 린타로. 지금 촬영 멈췄으니까 이제 말해도 돼."
"그…… 그래."
"……정말 고생했어, 네 덕분에 좋은 영상을 찍었어."
피곤해서 녹초가 된 나에게 미아가 어깨를 빌려주었다.
감사히 체중을 맡기며 나는 거실로 이동했다.
"어라…… 고생했어, 린타로."
"이 정도는 별거 아니야……."
나는 카논의 인사에 태연함을 어필하며 소파에 앉아 등을 기댔다.
참고로 전혀 태연하지 않다.
휘핑크림은 핸드 믹서기로 만들 수 있지만, 반죽은 전부 수동이다.
무거운 반죽을 계속 치댄 탓에 오른팔이고 왼팔이고 뻐근하다.
들어 올리는 것조차 벅찬 수준이다.
"고마워, 린타로. 끝까지 맛있게 먹었어."
"거 다행이네……. 오히려 다 먹어줘서 고맙다."
"응……. 린타로의 요리는 맛있어. 그러니까 당연해."
그렇게 말해주면 나도 고생한 보람이 있다.
"기록은…… 어디, 22개네. 나도 위장에는 자신이 있지만 이 경지는 차마 도달하지 못하겠어."
"나는 절대 못 해. 기껏해야 14개 정도라고."
"나도 카논처럼 그 정도면 배가 찰 것 같아."

그것도 많거든── 하고 태클을 걸고 싶었지만 이미 그런 기력은 없다.

"마무리도 찍었으니 바로 편집팀에게 넘기자. 카논, 오늘 영상은 이미 올렸지?"

"당연하지! 촬영하기 전에 해놨어."

TV의 애플리케이션 기능으로 미튜브를 열었다.

그러자 오늘 올린 밀스타의 안무 연습 영상이 당당히 급상승 랭킹 1위를 차지하고 있었다.

역시 주목도가 대단하구나.

이 기세라면 며칠 내로 200만 구독자를 돌파하는 게 아닐까.

"SNS에서도 반응이 좋아. 오늘은 이 영상을 올린 게 정답이었어."

"응, 의도가 성공해서 다행이야."

새로 고침을 할 때마다 조회수가 팍팍 늘어난다.

밀피유 스타즈는 미튜브에서도 이미 괴물급 콘텐츠가 되어가고 있었다.

하지만 '그 녀석들'도 같은 괴물.

절대 쉽지 않다.

"……2위에 있네, 트윈즈."

레이의 한마디에 화면으로 주목이 모였다.

초콜릿 트윈즈의 최신 영상이 밀스타의 뒤를 이어 급상승 랭킹 2위에 있었다.

내용은 '트윈즈라는 걸 들키면 바로 종료! 둘이 함께 테마파크를 만끽해봤습니다!'였다.

변함없이 재미있어 보이는 기획이다.

아무래도 밀스타의 폭발력에는 미치지 못했지만, 이 수준을 평균적으로 뽑아내는 걸 보면 아직 안심할 수 없다.

"순수하게 대단하단 말이지, 이 두 사람. 아이돌 활동도 하면서 이렇게 매일 미튜브에도 동영상을 올리니까."

"응……. 나도 해 보고 알았어. 이 생활은 아주 힘들어."

트윈즈의 영상을 틀며 미아와 레이가 대화했다.

나도 그 두 사람을 정말 대단하다고 생각한다.

미튜브 촬영은 절대 쉽지 않다.

실패하면 재촬영도 하고, 처음부터 끝까지 잘 풀리지 않아서 폐기하는 일도 있다.

그런데도 퀄리티를 유지하면서 매일 꼬박꼬박 올린다.

이 녀석들과 함께 업로더의 시점을 알고 나자 더욱 녀석들이 얼마나 대단한지 재확인하게 되었다.

"곧 투표가 시작될 거야. 그 전에 양쪽 사무소에서 투표 기획 공지가 뜰 텐데……."

채널 운영은 순조로운데도 카논의 얼굴에 웃음기가 없다.

가장 현실주의자인 만큼 트윈즈의 위협을 제대로 인식하고 있는 거겠지.

당연히 나는 이래 봬도 밀스타의 승리를 믿는다.

하지만 이런 생각도 든다.

"————역시 우리가 경쟁할 의미는 없는 것 같아."

영상이 끝나고 조용해진 거실에 레이의 그런 목소리가 울렸다.
나는 놀랐다.
마침 나도 같은 생각을 하고 있었기 때문이다.
"이겨도, 져도 좋은 일은 하나도 없어. 팬들도 분명 기뻐하지 않을 거야. 분명…… 다들 불편하기만 해."
"……그래, 레이의 말이 맞아."
레이의 의견에 미아가 찬동했다.
"오늘에 이르기까지 우리도 노력했고, 그 애들도 노력했어. 그 노력을 헛된 경쟁에 사용하는 건 서로 아무것도 수중에 남지 않는 결과가 될 것 같아."
"……나도 그 정도는 알아. 하지만 어떡하려고? 이미 기획 자체는 진행하고 있는데?"
카논의 말대로 문제는 각 사무소가 받아들였다는 점.
이 대결 기획을 준비하는 단계에서 돈도 들어갔을 터.
더불어 일방적으로 취소했다간 저쪽에서 어떤 수단으로 나올지 알 수 없다.
친히 사무소까지 쳐들어오는 녀석들이니까.
게다가 시로나의 그 성격을 생각하면 어그로도 전혀 무서워하지 않을 것이다.
밀스타가 도망쳤다는 이야기를 태연하게 퍼트려댈지도 모른다.
"……그렇다면 한 번 더 트윈즈와 대화해보는 건 어때?"
턱에 손을 대고 생각에 잠겼던 미아가 그렇게 제안했다.
"제대로 대화해보고 이 기획을 합의 하에 취소하는 거야. 그러면 전부 온건하게 끝나겠지."

"……그 두 사람이 그런 제안을 받아들일까?"

"이대로 갔다간 양쪽 모두 타격이 갈 가능성이 높은걸? 받아들이지 않는다면 그때는 그때 또 생각하자고."

"……."

카논은 미아의 의견을 듣고 잠시 생각에 잠겼다.

그리고 성대한 한숨을 쉰 뒤 입을 열었다.

"하아……. 아무리 생각해도 그렇게 할 수밖에 없겠네. 레이, 린타로. 너희도 동의해?"

"응, 나도 찬성."

"나도 이의 없어."

기획이 시작할 때까지 이제 며칠 남지 않았다.

그동안 어떻게든 트윈즈를 설득한다.

시로나를 생각하면 난이도는 상당히 높을 것이다.

하지만 공멸을 막으려면 이것 말고는 방법이 없다는 것도 사실이었다.

평생 일하고 싶지 않은
내가, 같은 반
인기 아이돌의
눈에 들면

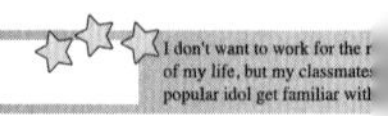
I don't want to work for the r
of my life, but my classmates
popular idol get familiar with

"——우리를 자기들 집으로 불러들이다니 배짱이 대단하시네?"

소파에 앉은 시로나는 싱글거리는 표정을 지으며 그렇게 말했다.

그녀 옆에는 파트너인 쿠로메도 앉아있다.

여유로워 보이는 시로나와는 다르게 쿠로메는 경계심을 전혀 숨기지 않은 채 주변에 있는 우리를 순서대로 노려보고 있었다.

"……우선은 바쁜 와중에 여기까지 와 줘서 고마워. 덕분에 이렇게 대화를 나눌 수 있게 되었어."

"바쁜 건 서로 마찬가지잖아? 하지만 뭐, 설마 린타로 씨의 집에 천하의 밀스타 전원이 살고 있을 줄은 몰랐어."

시로나가 눈을 가늘게 뜨며 나를 바라보았다.

사실 우리가 트윈즈와 대화 장소로 고른 건 사무소도 스튜디오도 아닌, 내 본가였다.

여기에는 두 개의 이유가 있다.

먼저 내가 대화하는 자리에 참석해도 위화감이 없다.

원래 나는 외부인이니까 사무소나 사무소와 관련된 정식 자리에 있으면 안 되는 사람이다.

내가 관여하기 위해서는 사무소와 관련이 없으면서 다른 사람의 눈에 띄지 않는 게 필수 조건.

이 집은 그 조건을 충족하기 때문에 내가 먼저 제안했다.

그리고 또 다른 이유는, 일부러 약점을 드러냄으로써 이쪽은 적대적인 의사가 없다는 걸 보여주기 위해서다.

나와의 관계는 밀스타에게는 양날의 검.

들키면 바로 스캔들감인, 폭탄에 가까운 존재다.

내가 말해놓고 슬퍼지긴 하지만 그게 현실이니 어쩔 수 없다.

하지만 이렇게 하면 시로나와 쿠로메도 우리가 어중간한 마음으로 이 자리를 만든 게 아니라는 걸 눈치챌 것이다.

여기서 그녀가 이 사실을 다른 사람에게 퍼트리고 다닌다면 당연히 밀스타는 끝장이다.

다만 미아와 카논이 말하길, 그럴 가능성은 한없이 적다고 한다.

『우리도 일단 신용 장사니까. 동업자를 팔아먹는 인간은 업계에서 위험인물로 찍히거든.』

『들키고 싶지 않은 비밀 한두 개쯤은 누구에게나 있잖아? 범죄에까지 손을 대는 거면 몰라도, 그걸 홀랑 퍼트리는 녀석과는 다들 엮이기 싫어해.』

두 사람의 말에 나는 수긍했다.

실제로 시로나는 말은 저렇게 해도 이 상황을 카메라에 담으려고 하지는 않고 있다.

이쪽의 성의는 충분히 전해진 모양이다.

"……그래서, 우리와 무슨 이야기를 하고 싶은데?"

"단도직입적으로 말할게. 이번 인기투표 기획을 취소해줘."

"흠, 참 갑작스럽잖아."

"따지고 보면 그쪽에서 갑자기 들이민 기획이잖아? ……아니,

그게 아니고."

카논은 시비조로 나가려는 자신을 제어하기 위해 심호흡했다.

"이대로 기획이 시작되면 우리 사이에 우열이 갈리게 돼. 그러면 각 팀을 응원하는 팬이 슬퍼하겠지. 입장이나 이미지에도 흠집이 나고…… 이겨봤자 큰 이득은 없으니까, 이쯤에서 둘 다 물러나는 게 현명하다고 보지 않아?"

"……팬이라."

"……?"

시로나는 팬을 소중히 여기지 않는다.

순간 비웃은 것처럼 보인 이유는 아마 그래서겠지.

자기가 져서 팬이 슬퍼한다고 해도 중요하지 않다.

"그래……. 확실히 이런 무모한 기획은 아무도 안 좋아할지도 모르지."

고개를 주억거리며 이해했다는 듯한 표정을 짓는 시로나.

미안하지만 그냥 퍼포먼스로밖에 안 보인다.

"……네, 알겠습니다. 그럼 이번 기획은 취소하죠."

"어?!"

"아하하! 뭘 그렇게 놀라? 린타로 씨. 나는 밀스타에게서 따뜻한 충고를 받고 그걸 따른 것뿐인걸."

시로나는 나를 놀리듯이 깔깔거리며 웃었다.

솔직히 이 제안을 받아들일 줄은 생각하지 못했다.

시로나의 성격, 그리고 목적을 고려하면 기획을 취소해도 의미가 없다는 것쯤은 안다.

그런데 왜――.

"우리도 상당히 기세에 맡겨서 밀어붙인 기획이라, 승패 이전에 제대로 된 기획이 성립할지도 애매했거든. ……하지만 음, 거절하면 거절하는 대로 더 빨리 연락해주지 않으면 곤란하다고 해야 하나."

"……이쪽도 최근에 생각이 바뀌었거든. 기획 취소로 손해가 발생한다면 이쪽에서 사무소를 통해 보전해달라고 할 거야."

"음, 그 부분은 괜찮아. 하지만 그 대신이라고 하기는 좀 그런데……."

미아에게 대답하던 시로나의 시선이 나를 응시했다.

"린타로 씨, 역시 우리에게 주지 않을래?"

그 순간 분위기가 얼어붙은 느낌이 들었다.

전에 시로나와 쿠로메가 스튜디오까지 왔을 때도 비슷한 분위기였던 걸 기억한다.

"……전에도 말했어. 린타로는 못 줘."

"그래, 기억해. 하지만 우리도 '하기 싫어요', '네 그렇군요' 하고 쉽게 받아들일 수는 없거든."

연신 웃고 있는 시로나지만 그 눈은 전혀 웃지 않았다.

오히려 칠흑이라고 표현해도 될 정도로 새카만 그림자가 져 있었다.

"무슨…… 따지고 보면 그쪽이 갑자기――."

"밀스타 여러분이 하고 싶은 말은 이해해. 확실히 처음에는 우리가 갑자기 들이민 대결……. 하지만 그쪽에서도 받아들였잖아? 설마 사무소가 멋대로 받아들인 기획이니까 자기들과는 상관없다고 하진 않겠지?"

"……!"

아픈 구석을 찔렸다.

확실히 밀스타는 기세에 눌려서 승낙하긴 했지만, 그 자리에서 강하게 거부한다면 거절할 수 있었다.

사무소의 체면과 자신들의 감정을 천칭에 올린 결과 대결을 받아들이는 걸 선택했다.

이건 누군가의 일방적인 잘못이 아니라, 다들 허물을 안고 있는 셈이다.

여기서 시로나에게 항의하기에는 너무 불리했다.

카논도 그걸 알기 때문에 말을 멈춘 것이다.

"우선 이번 일은 백지로 돌려도 상관없어. 손해 본 것도 뭐라고 안 따질게. 그게 우리 쪽에서 보여줄 성의. 그럼 그쪽은? 뭔가 성의를 보여주지 않으면 이번 기획에 대해 고집을 부릴지도 모르잖아?"

"그래서 너희가 원하는 성의라는 게 린타로를 내놓으라는 건가?"

"그렇게 받아들여도 상관없어."

"……린타로를 뭐라고 생각하는 거지? 그는 도구 같은 게 아니야. 내어준다거나 넘긴다거나, 그런 건 우리의 뜻으로 정해도 되는 일이 아니라고."

미아의 목소리에 강한 분노가 느껴졌다.

평소 종잡을 수 없는 여유로움을 보이는 그녀치고는 드문 반응이다.

뭐, 본래 여기에서 화를 내야 하는 사람은 나지만.

다만…… 좀.

나는 시로나와 쿠로메에게 조금도 화가 나지 않았다.

"그래, 그럼 린타로 씨가 정할래? 어느 그룹과 같이 지내고 싶은지."

"……그게 뭐야."

"린타로 씨의 의견에 맡기자는 거야. 우리인지 그쪽인지…… 간단하잖아?"

전원의 시선이 나에게 모였다.

전개가 참 이상해졌군.

"자, 린타로 씨. 대답해줘."

"……."

그렇게 말해봤자 내 대답은 이미 정해져 있다.

그리고 그걸 모르는 시로나가 아니다.

결국 이 녀석은 이미 밀스타를 이용한 다음 기획의 사전 준비에 들어간 것이다.

한쪽은 노예, 한쪽은 지명도.

여기서 내가 자기들을 선택해도 밀스타를 선택해도 어느 쪽이든 이득을 본다.

완전히 촌극이다.

어떻게 굴러가도 강단 있고 교활하다.

나는 그런 인간을 별로 좋아하지 않는다.

마치 나를 보는 것 같으니까.

"린타로 씨, 넌 아무리 발버둥 쳐봤자 이쪽 사람이잖아? 자기가 가장 잘 알지 않아?"

"……그래, 그럴지도 모르지."

밀스타 쪽에서 숨을 삼키는 소리가 들렸다.

확실히 나는 시로나에게 강하게 공감한다.

나에게 밀피유 스타즈의 세 사람은 더없이 눈부신 존재다.

나는 여기 있을 사람이 아니라고 느낀 적도 한두 번이 아니다.

반대로 시로나처럼 어두운 눈을 지닌 녀석들이라면 모든 것을 드러내고 같이 걸어갈 수 있을지도 모른다──.

"……알았어, 시로나. 너희와 갈게."

미아와 카논의 눈이 경악으로 물들었다.

하지만 레이는…….

"아하하! 그렇게 말할 줄 알았어! 바로 이사 준비도 해야겠네!"

"그전에 한 번 너희 집에 데려가 줘. 어차피 너희들은 직접 밥 차려서 먹지도 않을 거잖아?"

"잘 아네. 역시 '동류'구나. 린타로 씨가 만드는 요리 정말 기대된다."

그렇게 말하며 시로나는 쿠로메와 함께 거실에서 나가려고 했다.

그 뒤를 따라 일어난 나는 거실을 나서기 전에 레이에게 살짝 귓속말했다.

"……하고 싶은 게 있어. 믿어줄래?"

"응, 당연히."
무심코 풀어질 것 같은 얼굴을 억지로 참았다.
나와 트윈즈 두 사람은 같은 고독을 아는 사람이다.
하지만 나는 이미 소중한 나의 자리를 손에 넣었다.
고독 같은 건 느낄 새가 없을 정도로 내 마음속에 이 녀석들이 있다.
"——그럼 다녀올게."
마지막으로 그렇게 말한 나는 세 사람을 두고 내 집을 뒤로했다.

"……가 버렸네."
린타로가 나간 문을 바라보며 미아가 툭 중얼거렸다.
"돌아오는 거겠지……? 저 녀석."
"응, 꼭 돌아와."
나는 카논에게 그렇게 대답했다.
린타로는 그때 믿어줄 거냐고 물었다.
이제 와서 그를 의심하는 마음은 전혀 없지만, 그 물음이 있었기에 나는 안심할 수 있다.
"……어쩐지 열받아."
그렇게 말하며 카논이 내 뺨을 꼬집었다.
"에?"
"네가 '린타로와 마음이 통했습니다!' 같은 분위기를 내니까 그렇지! 나도 딱히 그 녀석을 의심하진 않았거든!"

카논이 뺨을 꼬집으며 나를 앞뒤로 흔들었다.

아파, 뺨이 뜯어지겠어.

"자자, 스톱. 레이의 얼굴에 흔적이 남으면 큰일이잖아?"

"흥! 오늘은 이쯤에서 봐주겠어."

미아의 중재도 들어가자 카논의 손이 뺨에서 떨어졌다.

좀 얼얼하다.

"……뭐, 린타로와 통한다는 분위기를 만드는 걸 보는 건 나도 좋은 기분이 아니긴 해. 솔직히 질투 나."

"응, 딱히 만든 적 없어. 진짜로 통하니까."

"그게 더 얄미운 거 아니야?"

미아가 쓰게 웃었다.

하지만 그래도 사실은 사실이다.

봄에 비하면 린타로와 거리가 점점 가까워지는 걸 느낀다.

마음을 열어준 걸 느낀다.

신뢰를 느낀다.

린타로 안에 분명히 우리가 있다는 걸 느낀다.

가능하면 나만 바라보길 바라는 것도 사실이지만, 이 두 사람도 소중히 아껴주는 게 순수하게 기쁘다.

우리가 있는 이 장소를 자신의 장소로 봐 준다는 게 정말 기쁘다.

"……안 질 거야, 레이."

"내가 할 말."

미아의 눈은 더없이 진지하다. 진심으로 린타로를 좋아한다는 걸 알 수 있다.
그래서 지고 싶지 않다.
조금씩 보이기 시작한, 린타로의 마음에서 뻗어 나온 한 줄기 빛.
그게 그의 옆자리라는 세상에서 가장 서고 싶은 무대로 이어져 있는지는 아직 알 수 없지만.
지금의 나는 그저 전력으로 그곳을 노릴 뿐이다.
"——그럼 우리 셋이서 대결 하나 안 할래?"
나와 미아가 서로를 노려보고 있었더니 카논이 불쑥 그런 제안을 했다.
"대결이라니, 무슨 대결?"
"셋이서 각자 미튜브 기획을 제출하고 하나씩 촬영하는 거야. 그걸 전부 올려서 조회수가 가장 높은 사람이 승리. 물론 기획 준비나 업로드 타이밍도 기획한 사람이 하는 거야. 그리고 참가하는 쪽도 뺀질거리지 말고 온 힘을 다할 것."
"흠…… 재미있겠네. 그럼 이겼을 때 보상은?"
"린타로와 일일 데이트권. 어때?"
무심코 몸이 앞으로 기울었다.
그 보상은 흘려들을 수 없다.
"뭐 그 녀석이 허락하냐에 달려있긴 하지만. 그래도 어차피 앞으로도 미튜브에 영상을 계속 올리고 싶으니까, 어느 정도 동기가 될 법한 요소를 넣어도 되지 않겠어?"
"……나는 찬성."
나도 미튜브는 계속 업로드하는 게 좋다고 생각하고, 린타로에게도 강요하지 않는 거라면 부탁 정도는 괜찮다고 본다.

무엇보다 내가 린타로와 데이트하고 싶다.

“두 사람이 하겠다면 나도 할 수밖에 없네. 린타로를 노리는 사람끼리 정정당당하게 대결하자고.”

“전원 참가인 거지?”

그렇게 말하며 카논이 히죽 웃었다.

——가끔 이럴 때면 작은 슬픔을 느끼기도 한다.

나도 미아도 카논도 린타로를 좋아한다.

마음의 크기로 질 생각은 없지만, 바라보는 방향은 두 사람도 마찬가지다.

하지만 이 안에서 린타로 옆에 갈 수 있는 사람은 오직 한 명.

다른 두 명은 이 마음을 안은 채로 물러나야만 한다.

우리는 그 응어리를 안고서도 계속 밀피유 스타즈로 함께할 수 있을까.

‘……아니, 아니야.’

내 안에 떠오른 의문을 밀어냈다.

나는 린타로를 좋아한다.

하지만 그것과는 별개로 미아도 카논도 좋아한다.

린타로가 선택해주지 않는다면 분명 무척 괴롭겠지.

물론 우리 말고 다른 사람을 선택할 가능성도 있지만, 그래도 괴로운 건 마찬가지다.

……하지만 설령 어떻게 된다고 해도 내가 두 사람을 가족처럼 소중하게 여기는 마음은 달라지지 않겠지.

두 사람과 관계가 바뀌어버리는 걸 무서워해서 힘을 빼는 게 실례다.

이 두 사람에게도, 그리고 린타로에게도.

"……미아, 카논."

""……?""

"후회가 남지 않도록 하자. 서로."

내가 그렇게 말하자 두 사람은 웃었다.

"응, 그래."

"당연하지. 오히려 적당히 했다간 절대 용서 안 할 거야."

다가오는 부도칸 라이브.

1월 31일.

그건 분명 우리의 모든 것이 바뀌는 날.

그날을 향해 착착 준비해가는 가운데 내 안에서 조금씩 긴장이 커지고 있었다.

"여기가 우리 집이야."

"……의외로 평범한데."

내가 안내받은 장소는 전철을 타고 몇 정거장 정도 떨어진 곳에 있는 맨션이었다.

돈을 많이 버니까 영락없이 고급 타워 맨션 같은 곳에 사는 줄 알았는데——.

“집에 별로 관심이 없어서……. 여기는 미튜브 촬영 허락도 받았으니까 어영부영 오래 살고 있을 뿐이야. 린타로 씨가 더 넓은 집이 좋다고 하면 이사하고.”

“딱히 넓이에 그렇게까지 관심은 없어……. 그보다, 같이 사는 건 양보하지 않겠다?”

“당연하지! 우리는 널 위해 일하고 너는 우리를 돌보고. 이게 성립되려면 역시 같이 살아야 해.”

“…….”

같이 산다고.

그럴 거면 아까부터 나를 노려보는 쿠로메를 어떻게 좀 해줬으면 좋겠는데.

“맞다, 제대로 소개하지 않았지. 쿠로의 본명은 코로 쿠로메라고 해. 친하게 지내줘.”

“어, 그럼 일단…… 알고 있을지도 모르지만 나는 시도——.”

새삼 자기소개를 하려던 나에게 쿠로메가 불쑥 얼굴을 들이밀었다.

반사적으로 한 걸음 뒤로 물러났는데, 그녀는 아랑곳하지 않고 더 다가왔다.

그러고는 그대로 내 몸에 얼굴을 가까이 가져가 코를 킁킁거리기 시작했다.

“뭐…… 뭐야?”

"아, 깜빡했네. 쿠로는 상대의 냄새를 맡아서 됨됨이를 판단하거든. 강아지 같아서 귀엽지?"

귀엽기는커녕 마치 보디체크라도 받는 것처럼 긴장돼서 무섭기까지 한데.

잠시 지나자 만족한 건지 쿠로메는 아무 일도 없었다는 듯 나에게서 떨어졌다.

"괜찮아. ……오히려 좋은 냄새였어."

"오, 별일이네. 항상 보통이거나 싫거나 양자택일이었는데. 축하해, 린타로 씨. 쿠로 마음에 들었네."

잘 이해할 수 없는 판단 기준이지만 미워하는 것보다는 낫겠지.

아무튼 첫 번째 관문은 클리어했다고 보면 되나.

"그럼 안으로 들어가자."

시로나가 끌고 가는 대로 나는 맨션 현관을 통해 건물 안으로 들어갔다.

엘리베이터를 타고 도착한 최상층.

그 가장 안쪽 집 앞에서 시로나와 쿠로메의 발이 멈췄다.

"여기야. 우리 둥지에 잘 왔어. 분명 린타로 씨도 마음에 들 거야."

그런 빈정거림과 함께 나는 그 둥지라는 곳으로 발을 들여놓았다.

실내는 깨끗하게 정돈되어 있다――고는 말하기 힘들었다.

최근에 입은 듯한 옷이 아무렇게나 나뒹굴고, 배달시킨 음식 쓰레기가 그대로 남아있다.

처음 레이의 방보다는 낫다고 할 수 있지만 지저분한 건 마찬가지다.

하늘은 두 가지를 다 주지 않는다는 말처럼, 역시 기본적인 집안일은 밀스타와 마찬가지로 서툰 모양이다.

"……너무 지저분한가?"

"알면 치우고 살아……."

"어쩔 수 없잖아! 정말로 린타로 씨를 데려올 수 있을 줄은 몰랐으니까!"

갑자기 본심이 튀어나왔군.

우선 이 상태는 내가 참을 수 없다.

내가 생각하기에도 귀찮은 성격이지만, 뭐든 깨끗한 게 좋으니까 뻔뻔하게 살기로 했다.

"우선 청소부터 할까……. 건드리면 안 되는 물건 같은 건 먼저 싹 회수해."

"린타로, 청소 할 수 있어?"

"그야 뭐……. 할 수 있으니까 끌려온 거지……."

"오……."

쿠로메와 대화하면 좀 휘둘리는 기분이다.

쿨한 레이와 대화하는 기분이라고 해야 하나…….

레이도 조금 강아지 같은 구석이 있고, 이 녀석은 이 녀석대로 늑대 같은 구석이 있으니까 비슷하다고 느끼는 건지도 모른다.

"쿠로, 속옷 치우자."
"알았어."
두 사람은 그런 대화를 하며 바닥에 떨어져 있던 속옷인 듯한 것들을 수습했다.
나는 민망해서 시선을 돌렸다.
이미 존재 자체는 눈치챘지만 의식하지 않으려고 했는데…….
"촬영기기만 건드리지 않으면 나머지는 뭘 어떻게 건드려도 문제없어. 맡겨도 될까?"
"어, 그래."
마지막으로 청소도구가 어디 있는지만 들은 뒤 나는 움직이기 시작했다.
먼저 아무렇게나 놔두었거나 어지럽게 널브러져 있는 것들은 치운다.
바닥을 걸레질하거나 청소기를 돌리는 건 그다음에.
"여기가 촬영용 방이지?"
정리하던 도중 나는 거실과 연결된 방 안을 들여다보았다.
그곳에는 항상 트윈즈의 동영상에 배경으로 찍히던 광경이 그대로 펼쳐져 있었다.
"맞아. 항상 거기서 찍어."
"……좀 신선하네."
화면 너머로 보던 게 실제로 눈앞에 있으니 묘하게 간질간질하다.
이런 건 여러 번 경험했는데 말이지.

"그럼 여기 있는 삼각대와 카메라는 건드리지 않도록 조심하면── 헉."

안으로 들어가 돌아보자 놀라운 광경이 펼쳐져 있었다.

그곳은 카메라가 설치된 방향이라서 영상에는 찍히지 않는 사각.

그런 장소에 아마도 기획에 사용한 듯한 짐이 가득 쌓여있었다.

인터넷 쇼핑몰의 상자 같은 것도 난잡하게 놓여있는 게 쓰레기 산이라고 불러도 과언이 아닌 상황이다.

"아하하……. 우리는 영 정리를 나중으로 미뤄버리는 습관이 있어서."

"……됐어, 이런 걸 치우기 위해 내가 있는 거니까."

딱히 공들여서 오염을 제거해야 하는 부분이 있는 것도 아니니까 이 정도라면 그리 오래 걸리지 않을 것이다.

나는 기합을 재충전하며 눈앞의 산으로 걸어갔다.

"읏차……."

쌓여있던 짐은 한 곳에 정리하고, 방치된 택배 상자는 깔끔하게 펼쳐서 언제든 쓰레기로 내놓을 수 있게 처리했다.

바닥을 뒹굴던 옷은 잘 모아서 세탁기에.

자주 쓴 흔적이 없는 세탁기에 세제와 섬유유연제를 넣고 기동.

방치되어 있던 식사 흔적들은 타는 쓰레기봉투에 몰아넣고 맨션 부지 내에 있는 수거장으로.

약 두 시간 정도 걸리긴 했지만 대략적인 청소는 끝이다.
나는 집 전체에 가볍게 청소기를 돌리며 숨을 내쉬었다.
“와우……. 정말 깨끗해졌네?”
“……믿어지지 않아.”
다리가 방해되지 않도록 소파 위에 쪼그리고 앉아있던 시로나와 쿠로메가 그런 감탄을 흘렸다.
“미안, 시간이 좀 걸렸네.”
익숙하지 않은 장소를 청소하는 건 확인해야 하는 게 많아서 평소처럼 움직일 수 없다.
촬영에 사용했을 도구를 어떻게 처리해야 하는지 난감해질 때마다 시간을 때울 겸 대전 게임에 열중한 두 사람에게 자꾸 물어봐야 했다.
참고로 게임이라도 하면서 기다리라고 한 건 나다. 절대 두 사람이 먼저 시작한 게 아니라는 건 이 녀석들의 명예를 위해 말해두겠다.
“……시로, 이 사람 여기 계속 살게 하자.”
“마음이 잘 맞네, 쿠로. 나도 그 말 하려고 했어.”
어째 쿠로메에게도 찍혀버린 느낌이 들지만 그건 넘기고.
“……끝난 뒤에 물어보는 것도 좀 그렇긴 한데 평소에 청소 안 해? 그런 것치고는 괴멸적인 수준은 아니었지만.”
청소해보면서 느낀 바로는, 난잡하게 어지럽혀놓기는 했어도 괴멸적인 수준은 아니었던 것 같다.
간격이 꽤 떨어져 있긴 해도 정기적으로 청소한다는 인상이다.

"뭐 우리도 매일 바쁘기는 하지만 결국 집에서 촬영할 때가 많잖아? 너무 심하다 싶을 때는 아무래도 우리가 치워야지."

"아하……. 일단 장점이라고 할 수 있나."

집에서 나가지 않으면 불건전하다는 인상을 받지만, 직장이기도 한 집을 깨끗하게 유지하려고 생각한다는 측면에서는 아주 건전하다.

그나저나, 반대로 레이는 집에 오래 있는 것도 아닌데 어째서 그렇게까지 어지럽힐 수 있는 거지?

제대로 자주 청소하고 있는데도 매번 같은 상태가 된단 말이지.

"……아."

내가 생각에 잠겨 있었더니 커다란 꼬르륵 소리와 함께 쿠로메가 짧은 목소리를 흘렸다.

이런 점도 레이를 닮았다.

쿠로메와 레이를 붙여놓으면 호흡이 잘 맞을지 아닐지 궁금하다.

"밥 먹을까. 뭐라도 만들게."

"기다렸습니다! 나 계속 궁금했거든. 그 애들이 옆에 두고 싶어 할 정도인 린타로 씨의 요리!"

"딱히 특별한 건 전혀 없는데……."

그렇다. 나는 요리에 특별한 무언가를 하진 않았다.

그래도 만드는 걸 좋아하고, 먹고 싶어 하는 사람이 있으니까 나는 요리한다.

이 마음은 다른 사람도 마찬가지일 것이다.

"일단 물어보는 건데, 뭐 먹고 싶냐?"
"글쎄…… 쿠로, 네가 먹고 싶은 걸로 골라도 돼."
시로나의 패스에 쿠로메는 잠시 생각에 잠겼다.
그러고는 퍼뜩 생각났다는 듯이 입을 열었다.
"닭튀김 먹고 싶어. 그때 린타로가 들고 있던 도시락에서 맛있는 냄새가 났어. 그건 틀림없이 닭튀김의 냄새야."
"용케 알아보네……."
도시락은 이동할 때 새지 않도록 꼼꼼히 닫힌 걸 확인한 뒤에 들고 다닌다.
즉 그리 쉽게 냄새가 새어나갈 만한 게 아닌데…… 아무래도 이 녀석의 후각은 차원이 다른 모양이다.
"닭튀김이라면 바로 만들 수 있어. 미안하지만 좀 더 기다려."
"괜찮아. 린타로 씨의 요리를 먹을 수 있다면 우리는 얼마든지 기다릴게."
"비행기 태워봤자 맛 안 달라진다."
그런 농담을 주고받으며 나는 부엌으로 향했다.
어디 보자, 닭튀김을 만들 때 특별한 순서는 딱히 없다.
마늘, 생강, 간장, 미림, 커민, 육두구 같은 향신료, 소금.
이것들을 비닐봉지에 넣고 적당한 크기로 자른 닭다리살을 20분에서 30분 정도 재운다.
그리고 그걸 기다리는 사이에 밥을 짓고 덤으로 된장국도 착수.
튀김은 귀찮다는 이야기를 자주 듣지만, 만들다 보면 의외로 그렇지만도 않다는 걸 깨닫기 시작한다.

먼저 귀찮다는 소리를 듣는 이유인 기름 처리.

이건 기름을 굳힐 수 있는 제품을 사용하면 순식간에 끝난다.

기름에 넣어서 굳은 걸 타는 쓰레기에 넣으면 땡.

확실히 다른 요리보다 과정이 하나 늘어나긴 하지만, 복잡하게 분량을 관리해야만 하는 베이킹에 비하면 훨씬 쉽다.

그런 관계로 요리 자체는 빠르게 끝.

잠시 스마트폰을 만지는 사이에 밥도 순식간에 다 지어졌다.

"자, 됐어."

닭튀김을 수북하게 올린 접시를 두 사람 앞으로 가져갔다.

좀 많이 만든 것 같지만, 시로나만 따져도 그렇게 잘 먹는 걸 직접 본 이상 이걸로 배가 부를지 오히려 불안한 수준이다.

"이 냄새야! 그 도시락에서 났던 냄새!"

"확실히 맛있는 냄새네."

신이 난 두 사람을 보면 나도 기분이 나쁘지 않았다.

하얀 쌀밥과 된장국도 주고 간단한 샐러드를 곁들였다.

이러면 저녁 식사로는 충분하겠지.

"식기 전에 먹어. 밥 더 먹고 싶으면 아직 밥솥에 남아있으니까 바로 말하고."

내가 그렇게 말하자 두 사람은 음식을 앞에 두고 손을 모았다.

"잘 먹겠습니다……!"

"잘 먹겠습니다."

닭튀김으로 젓가락을 가져가는 두 사람.

뜨거운 닭고기를 후후 불면서 깨문 쿠로메가 눈을 크게 떴다.

“마시써……! 뜨겁지만 맛있어!”

“오오…… 독특한 반응.”

뭐, 맛있으면 됐고.

쿠로메는 그렇다 쳐도 나는 시로나 쪽으로 시선을 던졌다.

그곳에는 한 입 깨물어 먹은 닭튀김을 쳐다보는 그녀의 모습이 있었다.

“……어? 혹시 덜 익었어? 그럼 다시 튀기고——.”

“어, 아니, 아니야. 그, 닭튀김이…… 이렇게 맛있는 거였던가?”

시로나는 고개를 갸웃거렸다.

제법 신기한 의문이다.

그건 시로나 본인도 느끼는 건지 계속 닭튀김을 쳐다보며 굳어 있다.

“안 먹어? 시로. 내가 전부 먹어도 돼?”

“어? 아, 안 돼! 안 돼!”

쿠로메의 지적에 시로나는 정신을 차린 듯 닭튀김을 먹기 시작했다.

우선 마음에 든 것 같으니 다행이다.

““잘 먹었습니다.””

“그래.”

나도 조금 먹긴 했지만 그렇게 많이 튀긴 닭튀김은 금방 깨끗하게 사라져 버렸다.

왜 내 주변에 있는 아이돌은 다 이렇게 대식가인 걸까.
만드는 사람으로서는 참 기쁘지만, 몹시 의문이다.
"후……. 그 밀스타 녀석들이 반해 버릴 만도 해. 맛있었어."
"거 고맙네."
"뭐야, 내가 적당히 말하는 거라고 생각하는 거지? 일단 진심으로 한 말이거든?"
"알아."
"진짜려나……?"
시로나는 불만인 듯했으나 나도 진심이었다.
아직 이 녀석에 대해서는 조금밖에 모르지만, 농담과 진담 정도는 구분할 수 있게 되었다.
아마도 그게 나와 시로나가 동류라는 증거인 거겠지.
"……뭐 좋아. 그래서? 슬슬 본론으로 들어가도 되지 않겠어?"
"본론?"
"시치미 떼지 않아도 돼. 그 린타로 씨가 조건 없이 우리에게 붙을 리가 없잖아. 뭔가 꾸미고 있는 거 아니야?"
"……."
──뭐, 그야 들킬 만한가.
내가 시로나를 이해한다면 시로나도 나를 이해한다고 해도 전혀 위화감이 없다.
오히려 덕분에 빨리 진행할 수 있다.
"네 짐작대로 나는 너희에게 할 말이 있어서 왔어."
"……앞으로 집안일을 전부 해주는 게 아니었나."

쿠로메가 진심으로 충격을 받은 모양이다.

순진한 것도 정도가 있지 않냐.

뭐, 그건 됐고.

"쿠로메, 우선 너에게 물어볼게. 넌 왜 시로나를 따르는 거지?"

나는 우선 두 사람 모두 같은 사고방식인 건지 알아야만 한다.

시로나는 자기들의 목표는 친부모를 찾아내서 욕하는 것이라고 했다.

자기들을 버린 몹쓸 인간들에게 저주할 생각이다.

하지만 나는 아직 시로나의 이야기밖에 듣지 않았다.

파트너인 쿠로메가 그 방침을 어떻게 생각하는지, 그게 계속 마음에 걸렸다.

"……시로나는 내 마음을 구해줬어."

나에게 적대심이 누그러졌기 때문인지 쿠로메가 조근조근 입을 열었다.

"시설 사람들과 어울리지 못했던 나를 시로나가 데리고 다녔어. 어디에 가도 혼자라고 생각했던 나를 시로나가 구해준 거야. 그래서 나는 시로나가 하고 싶은 걸 따라가겠다고 결심했지."

"그게 옳은 일이든 옳지 않은 일이든?"

"당연해. 만약 그러다 망하게 된다고 해도 나는 계속 시로나와 같이 있을 거야."

이글거리는 쿠로메의 눈동자는 강한 결심을 숨기고 있었다.

그런 그녀의 모습에서 나는 내 그림자를 보았다.

나에게 자리를 준 사람은 레이다.

그녀를 집에 불러들였을 때부터 내 마음을 계속 구해주고 있다.

레이를 따라간 끝에 파멸하게 된다고 해도 나는 분명 후회하지 않는다.

시로나도 쿠로메도, 역시 '나'다.

"에이, 린타로 씨도 참. 쿠로메에게 뭘 물어보는 거야? 나 쑥스럽잖아."

"……둘 다 같은 생각인 건지 알고 싶었던 것뿐이야."

이 느낌으로 보아 쿠로메는 시로나가 오른쪽으로 가면 마찬가지로 오른쪽으로 간다고 봐도 틀림없다.

그렇다면 내가 맞서 이야기해야 하는 상대는 시로나다.

"대놓고 말할게. 아이돌 활동의 이유로 '부모'를 대는 건 그만둬. 그런 짓을 해봤자 의미가 없어."

"……뭐야 그게."

시로나가 놀란 표정을 지었다.

하지만 내 발언을 들은 본인보다 먼저 옆에 있던 쿠로메가 움직였다.

"린타로…… 한 끼 은혜를 입었다고 해도 시로나를 부정하는 말은 용서할 수 없어."

그녀는 분노를 드러내며 눈앞의 테이블을 두드렸다.

그 기세로 보아 목소리에서 느껴지는 것보다 더 화가 난 모양이다.

그만큼 그녀 안에서 시로나라는 존재가 큰 거겠지.

그렇다고 해서 이쪽도 물러날 마음은 없지만.

미리 말해두지만, 나는 이 녀석들에게 호감을 산다거나 이 녀석들을 이끌어 주겠다거나 같은 거창한 생각은 일절 없다.

미워하든 이해하지 못하든 상관없다.

그러니까 말한다. 내가 생각한 걸 전부.

"자자, 진정해 쿠로메. 분명 린타로 씨에게도 무언가 생각하는 바가 있는 거겠지. 아니면 우리가 무의식중에 지뢰를 밟아버렸거나? 어쨌거나 그런 재미없는 말을 하는 사람이 아니잖아?"

"재미가 있고 없고의 문제가 아니야. 아무튼 도망치지 말고 들어."

"도망친다고? 내가? 대체 무슨 소리야?"

시로나는 여전히 웃고 있지만 명백하게 압박감이 늘어났다.

아무래도 지뢰를 꽉 밟은 모양이다.

아까도 말했지만 나에겐 이 녀석들의 미래는 중요하지 않다.

닮았다고 해도 결국은 남남.

서로를 이해하지 못할지도 모르고, 나에게 소중한 사람이 될 가능성 같은 건 그거야말로 생각해봤자 무의미하다.

하지만, 그래도.

나는 이 녀석들의 그림자에서 내 모습을 겹쳐보고 말았다.

빈말로도 좋다고 할 수 없는 환경에 불만을 품고 인생에 볕 들 날은 없다고 포기했던, 그 시절의 나를――,

즉 지금의 시로나를 보면 그 철부지인 나를 보는 것 같아서 화가 난다.

내 말로, 내 태도로, 내 미래로 이 녀석을 후려쳐주지 않으면 분이 풀리지 않는다.

다른 건 모른다.

남은 건 아무튼 부딪칠 뿐.

"린타로 씨는 대체 무슨 말을 하고 싶은 거야? 나도 이해할 수 있도록 가르쳐줘."

"오냐, 알아듣기 쉽도록 말해주마. 나는 자기 과거를 저주하면서 세상에서 자기가 제일 불행하다고 말하는 듯한 네 낯짝이 마음에 안 들어."

"!"

"덤으로 아이돌로 활동하는 이유가 부모를 만나서 항의하기 위해? 한 번만이라도 만나보고 싶다는 이유라면 그래도 응원할 수 있지만, 그런 아무짝에도 쓸모없는 짓을 해서 어쩌려고. 잘 들어. 우리 고등학생은 애지만 애가 아니야. 허황된 목표를 보면서 웃을 수 있는 시간은 이미 끝났다고."

"……쓸모없는 짓이라고?"

여기 와서 시로나의 얼굴이 처음으로 크게 일그러졌다.

미간에 주름을 만들고는 마치 어린아이처럼 발을 굴렀다.

"한번 더 말해봐! 그럼 뭔데?! 우리를 버린 망할 부모를 용서하라고?! 그럴 수 있을 리가 없잖아! 어차피 자식을 버리는 인간이야! 유명해진 우리가 돈이 많다는 걸 알면 반드시 나타날걸! 우리를 통장으로 이용해 먹으려고! 그럴 때 호되게 한마디 해 줄 거야!"

"그럼 만약 안 나타나면?"

"……안 나타나면?"

시로나의 말이 멈췄다.

"안 나타나면…… 그야, 그……."

"……."

"……어쩌지?"

시로나는 불안한 얼굴이 되어 그런 말을 흘렸다.

조금 전까지 떼를 쓰던 그녀는 마치 길을 잃은 어린아이 같은 모습이 되었다.

"네가 내건 목표에는 아무런 신념도 욕망도 없어. 이런 질문에 대답할 수 없을 만큼 지금의 너는 텅 비었다고."

"내가…… 텅 비었어?"

조용해져서 자신을 내려다보는 시로나.

본인도 눈치챘었을 거다. 이런 목표를 내걸어봤자 소용없다는 걸.

부모를 만나고 싶다. 지금 어떻게 지내는지 알고 싶다. 만나서 성장한 나를 보여주고 싶다.

그게 목표라면 아무도 부정하지 않는다.

하지만 그런 인간과는 다르게 시로나는 갈 곳 없는 감정을 누군가에게 부딪치고 싶은 것뿐.

이런 짓을 해 봤자 부모를 만날 가능성은 한없이 적다.

그건 본인도 잘 알고 있을 것이다.

알지만 그만둘 수 없다.

왜냐하면 그게 없어진 순간 내가 어디에 있는지 알 수 없게 되니까.

"……넌 똑똑해. 그렇지 않다면 톱 미튜버가 되지 못하니까. 그래서 계속 이상했어. 왜 부모를 찾는다는 목표를 위해 아이돌처럼 불확실하기 짝이 없는 방법을 선택한 건지."

"……!"

"그리고 나는 그 이유를 바로 눈치챘지. 아이러니하게도 나와 너는 정말 닮은꼴인 모양이야."

어깨를 으쓱한 나는 쓰게 웃었다.

진심으로 꿈을 이루려고 하는 거라면 방법을 생각하고 시행착오와 노력을 거듭해서 시간과 돈, 온갖 것들을 희생해야 한다.

시로나는 그걸 이해했고, 그렇기에 **편한 길을 택했다**.

뭐 아이돌이 되는 게 편한 일인 건 아니지만, 아무튼 진짜 목적을 이루기 위해 시로나는 전력을 다하지 않고 있다는 소리다.

현대 사회에서 사람을 찾는 방법은 산더미처럼 많으니까.

"알고 있었지? 네게 부모를 만나 욕하는 건 별 가치가 없다고."

"……."

침묵하던 시로나는 그대로 소파에 깊게 등을 기댔다.

그러고는 배 속 깊은 곳에서 끓어오르는 듯한 웃음을 흘렸다.

"……시로?"

"아하하하…… 그야, 그래…… 알고 있었지. 나는."

쿠로메의 걱정하는 목소리를 들으며, 그래도 시로나는 웃었다.

마치 누군가의 기상천외한 답안지를 보고 웃는 것처럼——.

"전부 린타로 씨 말대로야. 난 무슨 허세를 부렸던 걸까. 사실은 전부 중요하지 않은 주제에."

"……."

"린타로 씨. 린타로 씨도 나처럼 자포자기에 빠진 적 있어?"

"……어, 있어. 사실 고작 한두 달 전까지만 해도 그랬지."

집을 나간 어머니를 원망하고 일만 하면서 가족을 방치한 아버지를 원망했다.

그저 막연히 아버지처럼 되지 않겠다고 맹세하고는 평생 일하지 않겠다는 목표를 세웠다.

하지만 그 목표에 의미는 없다.

나는 그냥 나는 주변과 다르다고 멋대로 포기하고 심통이 나 있었던 것뿐이다.

"……뭐, 지금은 다르지만."

어린애처럼 삐지는 건 그만뒀다.

나는 요리를 할 줄 안다.

청소를 할 줄 안다.

빨래를 할 줄 안다.

분리수거도, 정리 정돈도 특기다.

여태까지 쌓아왔던 것들을 그 세 사람을 위해서 사용한다.

언젠가 '그 녀석'의 전업주부가 되기를 바라며——.

"부러워라. 나는…… 우리는, 어떡할까. 이런 쓸데없는 노력이나 해버려서는, 좀…… 바로는 움직이지 못할 것 같아."

메마른 미소를 흘리는 시로나와 그녀에게 다가가는 쿠로메.

있지도 않은 목표를 내세워서 닥치는대로 살았던 결과가 지금의 이 녀석들이다.

나도 한 발만 잘못 내디뎠다간 정말로 이쪽에 있었을지도 모른다고 생각하니 등을 타고 오한이 올라온다.

하지만 그렇다고 해서 이 녀석들이 늦어버린 건 아니다.

누군가가 내민 손을 붙잡을만한 힘이 남아있다면.

"실컷 마음대로 떠들어대긴 했지만, 마지막으로 하나 더 하고 싶은 말이 있어."

"……뭔데? 지금이라면 뭐든 들어줄게."

"한 번이라도 좋으니까 정식 오퍼를 넣어서 밀피유 스타즈와 콜라보해봐."

"어…… 그, 그건……. 이미 우리에겐 그런 일을 할 의미가──."

"의미라면 있어."

내가 바뀔 수 있었던 건 그 녀석들이 있었기 때문이다.

그렇다면 나와 동류인 이 두 사람도 무언가 영향을 받을지도 모른다.

"부탁이야. 한 번만, 나와 그 녀석들을 믿어줘."

"……."

내 부탁을 들은 시로나는──.

평생 일하고 싶지 않은
내가, 같은 반
인기 아이돌의
눈에 들면

——설마 그런 말에 넘어가 버릴 줄이야. 그때의 나는 정말로 이상했었다.

"시로, 준비 됐어?"

"응, 언제든 갈 수 있어. 쿠로."

무대 뒤에서 그런 대화를 나눈 나와 쿠로는 그대로 무대 옆에서 튀어나왔다.

눈부신 스포트라이트가 내 눈을 찌른다.

여느 때라면 우리가 나오기만 해도 우렁차게 터져 나오는 환호성.

하지만 오늘만큼은 그것도 없었다.

'신선하네……. '무관중 라이브'라니.'

이 자리에 관객은 없다.

관객석에 있는 건 몇 명의 스태프와 송출용으로 다양한 각도에서 촬영하는 카메라뿐이다.

이건 미튜브 전용 실시간 스트림 한정 라이브.

진짜 관객은 채팅창에 있는 시청자들이다.

그 시청자들의 채팅은 전부 우리에게만 보이는 대형 스크린에 떠 있다.

——오늘 라이브의 제목은 '가을도 막바지! 처음이자 마지막 게릴라 콘서트 ~스페셜 게스트도 있어요~'.

"크흠, 여러분! 잘 보여? 초콜릿 트윈즈야!"

"오늘은 갑작스러운 실시간 방송이라 놀랐을 테지만 끝까지 즐겨줘."

우리의 등장에 채팅창이 우르르 올라갔다.

환호성이 들리지 않는 건 조금 아쉽지만 이렇게 눈으로 보이는 환호성도 제법 기분이 좋다.

우리가 왜 이런 무관중 라이브를 열었는가.

전부 그 린타로 씨의 말이 계기였다.

"풀 파워로 춤추고 노래할 거니까! 준비됐지?"

내가 그렇게 말하자 초콜릿 트윈즈의 대표곡이 흐르기 시작했다.

채팅창은 떠들썩하다.

환호성은 소리가 뭉뚱그려지니까 눈치채지 못했는데, 이렇게 흘러가는 채팅 하나하나가 팬의 응원이라고 생각하자 우리가 얼마나 많은 사람에게 지지받고 있는지 잘 보였다.

과연 나는 팬들을 어떻게 인식하고 있었던 걸까.

『아이돌도 팬도 나에게는 사실 중요하지 않아.』

린타로 씨에게 토했던 말이 새삼 머리에 떠올랐다.

나는 정말로 그렇게 생각했었던가.

진짜 목적도 없고, 심통만 나서는 그저 텅 비어있는 나.

그런 나에게도 응원해주는 사람이 있다.

도와주는 사람이 있다.

앞으로도 계속 변하지 않고, 그런 좋은 사람들을 버려도 괜찮은 걸까.

'……! 괜찮을 리가 없잖아!'

노래에 맞춰서 쿠로와 함께 뛰었다.

여기서 바뀌지 않는다면 대체 언제 바뀐다는 거야.

나를 따라와 주는 쿠로.

등을 밀어준 린타로 씨.

그리고 응원해주는 팬들.

이 사람들에게 보답하는 게 내가 해야 할 일── 아니, 하고 싶은 일 아닐까.

설령 이 감정이 환상이라고 해도.

조급해진 나머지 목표를 세워야만 한다는 생각만이 앞서가는 거라고 해도.

이 감각에 매달리지 않으면 내 마음은 정말로 죽어버릴 것 같았다.

마음을 담아 노래하고 마음을 담아 춤춘다.

그리고 어느새 중요 게스트가 등장할 타이밍이 다가왔다.

나는 제대로 무대를 보여줄 수 있었나?

기억은 흐릿하지만, 채팅창이 어마어마하게 흥분한 모습으로 보아 분명 잘 해낸 거겠지.

'……기분 좋아.'

이젠 나를 비추는 스포트라이트조차 기분 좋다.

이렇게 느끼는 건 한 번도 없었던 것 같다.

"시로, 슬슬."

"그래……."
나는 마이크를 고쳐 쥐고 정면에 설치된 카메라로 시선을 던졌다.
"여기까지 함께 해준 여러분, 정말 고마워. 지금부터는 게스트와 함께 이 라이브에 한층 불을 지피겠어!"
나는 '게스트'를 불렀다.
그 애들과 콜라보해달라고 린타로 씨가 말했다.
아직 그 진의는 할 수 없다.
'그럼 확인해보겠어.'
그녀들이 무대 옆에서 뛰쳐나온다.
그 순간 채팅창이 너무 폭주해서 굳어버릴 정도로 흥분했다.
"트윈즈 팬 여러분! 안녕!"
"오늘 라이브에 신세 지게 된 밀피유 스타즈라고 해."
"열심히 할 테니까 오늘은 잘 부탁드립니다."
채팅창은 밀스타를 대환영했다.
우리가 나왔을 때보다 더 흥분한 건지도 모른다.
질투가 나지만, 이게 톱 아이돌의 힘이라고 생각하면 이해도 간다.
사석에서 만났을 때와는 표정도, 동작도 전부 다 다르다.
다들 이상으로 여기는 완성된 아이돌이 있었다.
이 모습은 분명 이전의 나에게는 보이지 않았던 것.
눈이 부실 정도로 아름다운, 그녀들처럼 될 수 있다면――.
"……가자, 쿠로. 우리도 질 수 없지."

"응, 시로가 간다면 나도 가."
여기서 물러나면 정말로 끝이다.
나는 눈앞의 선을 넘어가기 위해 앞으로 발을 내디뎠다.

──그 후의 일은 잘 기억나지 않는다.
아무튼 열심히 노래하고 열심히 춤췄다.
밀스타의 춤을 따라잡으려고 너무 필사적이었던 탓에 다리에 쥐가 날 것 같았던 건 기억난다.
우리도 충분히 연습했다고 생각했는데 아직 부족한 모양이다.
"다들 봐줘서 고마워. 이런 이벤트는 좀처럼 못 할지도 모르지만, 요청이 많으면 어떻게든 또 기획해볼게."
세트리스트가 전부 끝나자 나는 마무리 인사로 넘어갔다.
몸은 무겁고 녹초가 되었지만 마음은 더없이 상쾌하고 평온했다.
"……그럼 다음에 또 보자."
항상 하는 인사말로 방송을 끝냈다.
송출은 끝났어도 채팅창은 한동안 멈추지 않았다.
라이브가 끝난 걸 아쉬워하는 채팅들.
그게 내 텅 비어있던 구멍으로 쏟아져 들어온다.
"아하하, 이거 허전함을 느낄 여유가 없네."
긴장이 풀린 나는 그대로 무대 위에서 주저앉았다.
"시로!"

"괜찮아, 괜찮아. 좀 힘이 풀린 것뿐이야."

쿠로의 부축을 받으며 일어났다.

그리고 다시금 밀피유 스타즈와 마주 보았다.

약 한 시간의 라이브가 끝났는데도 그녀들은 아직 태연한 모습을 보여주고 있다.

진짜 괴물이잖아, 얘들.

"……고마워. 밀스타 여러분. 갑작스러운 콜라보 의뢰를 받아줘서."

"신경 안 써도 돼. 우리 서포터가 머리를 숙여가며 부탁하니 차마 거절하지 못했거든."

그렇게 말하며 카논 씨는 쓰게 웃었다.

린타로 씨, 머리까지 숙였나.

자기는 차가운 인간이라는 듯한 표정을 지어놓고는 속에 숨긴 다정함을 전혀 숨기지 못하고 있다.

내가 파악한 대로 그 사람은 역시 재미있는 사람이다.

"그 사람이 밀스타와 콜라보하라고 한 이유, 지금이라면 알 것 같아."

목적을 잃은 나는 그저 계속 방황할 수밖에 없었다.

그런 나에게 린타로 씨는 목표로 삼을 빛을 준 것이다.

밀피유 스타즈라는 '아이돌'의 정점을――.

"우리도…… 될 수 있을까? 당신들 같은 톱 아이돌이."

"……그건 너희 하기 나름. 하지만 꿈같은 소리도 아니야."

"아하하, 그거 멋진 덕담인데."

그 밀피유 스타즈의 부장.

이래서야 하지 않을 이유가 사라져버렸잖아.

"쿠로, 앞으로도 고생하게 될 테지만…… 따라와 줄래?"

"당연하지. 나는 계속 시로를 따라갈 거야."

"……고마워."

나는 정말로 얼간이였다.

부모에게 버림받아서 고독을 안다고?

헛소리. 나에게는 계속 쿠로가 있었잖아.

나는 고독하지 않았다. 그래서 이렇게 금방 마음이 후련해진 거다.

지금은 이미 쿠로만이 아니다.

몇만 명이나 되는 팬이 내 곁에 있다.

고독함을 느낄 새도 없다.

그걸 깨달은 지금, 나는 드디어 변할 수 있을 것 같았다.

초콜릿 트윈즈와 밀스타의 콜라보 라이브 방송.

말도 안 되는 시청자수를 찍은 그 방송은 완전히 미튜브 방송계, 나아가 예능계의 전설이 되었다.

그 대인기 아이돌의 라이브를 놀랍게도 무료 공개.

사람이 모여들지 않을 리가 없다.

동시접속자 수가 너무 늘어나는 바람에 서버가 비명을 질렀다는 소문도 있지만 뭐…… 그건 지금 우리와는 상관없는 일이다.

그리고 마침 그 방송이 끝난 날 밤, 나는 거실에 펼쳐진 참상을 보고 뺨을 긁적였다.

"그…… 정말 미안. 부려 먹어서."

"……알면 됐고."

녹초가 되어 바닥에 널브러진 세 사람. 죽어가는 카논의 목소리.

지금도 여기저기에서 떠들썩한 아이돌의 모습으로는 도저히 보이지 않는다.

"오히려 나는 못난 모습을 보여줘서 면목이 없는데……."

"어째 평소보다 더 지친 것 같다?"

"스케줄 조율하느라 고전했던 것도 있지만, 가장 큰 건 트윈즈 앞에서 허세를 부린 게 원인일걸……. 그래도 모처럼 우리에게 동경 어린 시선을 보내고 있는데 멋있는 모습을 보여줘야지."

"……대단했어, 정말."

시로나에게 밀스타와 콜라보해 보라고 제안한 나는 그 후 이 녀석들에게도 머리 숙여 부탁했다.

트윈즈에게서 의뢰가 온다면 부디 받아들여달라고.

일에는 최대한 간섭하지 않으려고 했던 내 처음이자 마지막 억지.

의외로 이 녀석들은 선뜻 받아들였다.

조금 더 갈등한다고 해도 이상하지 않았는데 그 자리에서 바로 승낙했을 때는 크게 놀랐다.

물론 라이브 회장을 잡고 관객을 동원한다면 몇 달 단위의 준비가 필요하니 콜라보도 쉽게 실현되지 않는다는 건 알고 있었다.

하지만 여기서 구세주가 된 것이 무관중 라이브와 미튜브 스트리밍이라는 개념.

무관중이라면 회장만 잡으면 되고, 스태프도 최소한을 줄일 수 있다.

무엇보다 다행인 것은 밀스타가 소속된 판타지스타 예능이 긍정적이었다는 점.

온갖 것을 탐욕스럽게 삼켜댄 회사로서 초콜릿 트윈즈의 팬을 끌어들일 기회를 놓쳐선 안 된다고 판단한 모양이었다.

미튜브 투표 기획을 허락한 시점에서 어떠한 형태로든 트윈즈와 콜라보할 흐름을 기다렸던 모양이다.

이미 톱 아이돌인데도 대단한 헝그리 정신이다.

"린타로."

"응?"

"우리, 잘했어?"

"……."

그 질문에는 다양한 의미가 들어있는 느낌이었다.

내가 트윈즈에게 뭘 하고 싶은지, 자세한 건 몰라도 어렴풋하게 눈치채고 있었던 거겠지.

그래서 내 무모한 요구를 흔쾌히 받아들인 거다.

"어, 진짜 잘했어. 고마워."

"응…… 그럼 다행이야."

안심한 듯 레이는 몸에서 힘을 뺐다.

그리고 잠시 조용하다 싶더니 바로 잠자는 숨소리가 들리기 시작했다.

"많이 피곤한 모양이네……. 우리도 남 말할 처지는 아니지만."

"요즘 며칠 동안 긴장했었던 모양이고."

긴장했었다는 카논의 말에 나는 의문을 느꼈다.

"레이는 널 계속 믿었지만, 불안하긴 했을 거야."

"……그래. 그렇겠지."

"내가 말하는 것도 좀 그렇긴 하지만 내일부터 당분간은 어리광 팍팍 받아줘. 그 정도의 보상은 있어도 되지 않겠어?"

확실히 나는 여기까지 생각이 미치진 못했다.

이 녀석들은 내가 돌아온다고 믿어주었지만, 만약 내가 기다리는 쪽이었다면 조금은 불안했을 게 틀림없다.

레이가 돌아오지 않는다니 생각하고 싶지도 않으니까.

"그래, 너희에게도 제대로 보답을 마련해야지."

"——약속이다?"
"어?"
고개를 숙이고 있던 카논이 웃음을 흘렸다.
어쩐지 아주 불길한 예감이 든다.
"린타로! 나와 데이트해!"
"……뭐?"
엉뚱한 명령에 나는 물음표를 띄웠다.
그러자 그동안 말없이 지켜보던 미아가 작게 한숨을 쉬었다.
"……사실 우리 세 사람 사이에서 대결을 하나 했어. 자기가 낸 기획으로 미튜브 영상을 찍어서 가장 조회수가 많은 사람이 이긴다는 게임이었지. 그리고 거기서 카논이 이겼는데."
"그 경품이 너를 꼬박 하루 독점하는 권리였거든."
……이 녀석들 뭐 하는 거냐?
딱히 거절할 이유도 없지만, 그런 건 우선 내 허락을 구한 뒤에 해야지.
뭐, 이 녀석들의 허락을 구하지 않은 채 트윈즈의 등을 떠민 내가 할 말은 아니지만.
"보답, 해 줄 거지?"
"……알았어. 하루 동안 널 모시면 되는 거지?"
"좋아! 약속했다?"
그렇게 말하며 카논은 장난스럽게 웃었다.
"으음, 어디에 갈까? 린타로에게 짐을 들어 달라고 하고…… 역시 오모테산도? 좀 너무 어른스러운가?"

“……카논, 린타로를 이상한 곳에 데려가면 안 돼. 그렇고 그런 곳이라거나.”

“날 뭐라고 생각하는 거야! 이 변태!”

변함없이 재잘재잘 우짖는 카논과 뻔뻔한 미아.

그리고 이렇게 소란스러운데도 전혀 일어날 기색이 없는 마이페이스 레이.

이 광경을 보고 있으면 마음이 무척 평온해진다.

‘……계속 여기 있고 싶어.’

하지만 와야 할 날은 다가오고 있다.

시간이 멈추는 일도 없다.

최대한 후회하지 않는 나날을 보내고 싶다. ……진심으로.

“응?”

띠링 소리가 들리자 내 의식은 소리가 들린 곳으로 끌려간다.

아무래도 식탁에 올려놓은 내 스마트폰에 메시지가 온 모양이다.

보낸 사람은 코즈카 시로나.

『내 등을 떠밀어줘서 고마워. 앞으로는 밀스타를 뛰어넘는 아이돌을 목표로 잡고 쿠로와 함께 정진하기로 했어. 괜찮다면 응원해 줘. ――추신, 또 우리 집에 놀러 와. 환영할게.』

“하하, 집안일 시키고 싶은 거잖아.”

완전히 독기가 빠진 시로나의 메시지를 보며 나는 웃음을 터트렸다.

인간은 깊이 파고들면 다들 텅 비어있을지도 모른다.

꿈이나 목표 같은 건 사실은 의미가 없는 건지도 모른다.
하지만 설령 그렇다고 해도 확신을 갖고 할 수 있는 말이 있다.

나도 이 녀석도, 지금이 더 낫다.

오늘보다 내일, 내일보다 모레.
조금씩이라도 하루하루 더 나은 나로 만들면 된다.
언젠가 분명 나를 진심으로 좋아하게 되는 날이 올 테니까――.

후기

『평생 일하고 싶지 않은 내가 같은 반 인기 아이돌의 눈에 들면』 5권을 구매해주셔서 정말로 감사합니다.

오랜만입니다. 작가인 키시모토 카즈하입니다.

드디어 5권까지 왔습니다. 저도 대단히 기쁩니다.

린타로와 밀스타의 한 지붕 생활은 파란만장하게 시작했습니다.

라이벌 아이돌의 등장은 계속 쓰고 싶었던 에피소드라서, 이렇게 보여드리게 되어 대만족입니다.

시로나와 쿠로메의 이야기는 린타로와 밀스타와는 다른 방향으로 흘러가게 되었지만, 또 잠시 길이 교차하는 순간이 올지도 모릅니다.

이다음부터는 부도칸 라이브를 향해 세 사람과 린타로가 협력하며 유대를 쌓아갑니다.

……어디까지나 예정이지만요.

현실 세계는 한겨울이지만 본편에서는 앞으로 크리스마스와 정월이 기다리고 있습니다.

크리스마스, 좋은 울림이죠.

러브코미디에서 크리스마스라고 하면…… 뭘까요.

팬레터로 의견을 보내주시면 좋겠습니다!

뭐, 팬레터 구걸은 이쯤하고…….

이번에도 제작에 관여해주신 여러분, 일러스트를 그려주신 미와베 선생님, 그리고 여기까지 읽어주신 독자 여러분에게 가장 큰 감사를 드립니다.

저는 절찬 꽃가루 알레르기로 고통받고 있지만 부디 좋은 나날을 보내시길.

다음이 있다면 부디 또 만나요.

평생 일하고 싶지 않은 내가, 같은 반 인기 아이돌의 눈에 들면 5

2024년 8월 15일 1판 1쇄 발행

저　　　자 키시모토 카즈하
일 러 스 트 미와베 사쿠라
옮　긴　이 현노을
발　행　인 유재옥
담 당 편 집 정영길

부　사　장 이왕호
이　　　사 조병권
출판본부장 박광운
편 집 1 팀 박광운
편 집 2 팀 정영길 조찬희 박치우 정지원
편 집 3 팀 오준영 이소의 권진영
디자인랩팀 김보라
디지털사업팀 박상섭 김지연 윤희진
라이츠사업팀 김정미 맹미영 이윤서
영업마케팅팀 최원석 박수진 이다은
물　류　팀 허석용 백철기
경영지원팀 최정연
인쇄제작처 ㈜코리아피엔피
발　행　처 ㈜소미미디어
등　　　록 제2015-000008호
주　　　소 서울시 마포구 토정로222, 502호 (신수동, 한국출판콘텐츠센터)
판매 및 마케팅 (070) 8822-2301

ISBN 979-11-384-2909-2 04830
ISBN 979-11-384-1683-2 (세트)